O QUE eLA tem Que eu NÃO Tenho?

LUCIANA VON BORRIES

O qUE eLA tem Que eu NÃO Tenho?

e outras neuras femininas

CONTOS, CRÔNICAS E INCURÁVEIS

PRUMO
leia

Copyright © 2010 by Luciana von Borries

Todos os direitos reservados. Nenhuma parte desta obra pode ser reproduzida ou transmitida por qualquer forma ou meio eletrônico ou mecânico, inclusive fotocópia, gravação ou sistema de armazenagem e recuperação de informação, sem a permissão escrita do editor.

Gerente Editorial
Jiro Takahashi

Editora
Luciana Paixão

Editor assistente
Thiago Mlaker

Assistente editorial
Diego de Kerchove

Revisão
Rebecca Villas-Bôas Cavalcanti
Raquel Siqueira

Capa e direção de arte
Leandro Borba

Produção gráfica
Thiago Sousa

Assistente de criação
Marcos Gubiotti (adaptação de projeto e capa)

CIP-Brasil. Catalogação-na-fonte
Sindicato Nacional dos Editores de Livros, RJ

V899q   von Borries, Luciana
           O que ela tem que eu não tenho? e outras neuras femininas: contos, crônicas
           e incuráveis / Luciana von Borries. - São Paulo : Prumo, 2011.

           ISBN 978-85-7927-136-6

           1. Contos brasileiros. I. Título.

11-3487.   CDD: 869.93
                                                CDU: 821.134.3(81)-3

Direitos de edição para o Brasil: Editora Prumo Ltda.
Rua Júlio Diniz, 56 – 5º andar – São Paulo/SP – CEP: 04547-090
Tel.: (11) 3729-0244 – Fax: (11) 3045-4100
E-mail: contato@editoraprumo.com.br
Site: www.editoraprumo.com.br

"Felicidade é ter boa saúde e péssima memória."
Ingrid Bergmann (1915-1982)

sumário

Contos de Bolso

A ladra...13
Sobre o gelo derretido...17
Tele-entrega da maré...19
Somente ida...21
O que ela tem que eu não tenho...23
Sincericídio...29

Crônicas & incuráveis

Princesas encantadas por histórias mentirosas...37
Depois te conto tudo...43
Pelos poderes de Greyskull...45
Felicidade garantida ou a sua realidade de volta...51
Ligar, não ligar, ligar, não ligar...55
O Carandiru do amor...61
Saber escolher é saber perder...65
Sobreviva ao Natal...69
Nove verdades incontestáveis...73
Armário de fantasias...75
Das escolhas que são para sempre...81
Uma varanda de frente pra vida...85
O inimigo invisível...91
Uma biblioteca pra contar depois...95
O fundamentalismo do bumbum perfeito...99
Esta expectativa é sua?...103
Existe vida após a separação...105
Vestida de expectativa...109
Teste...111
Separe o seu luxo...115
Gratidão branca...119

60 segundos de pensamento

Status basicamente necessários...125
A dor gasta...127
O amor engorda...129
Rir é bom pra tudo...131
Também cansei...133
A miopia e o destino...135

Para o meu avô Harald, por me ensinar o que é coragem.
Para o meu amor Alexandre, por voar ao meu lado.

Contos de bolso

Assista aqui a um desfile de pequenos contos. Estórias que caem bem em qualquer ocasião. Contos de bolso servem como uma luva numa espera de consulta. Cabem no ônibus, entre a casa e o trabalho. Acomodam-se na cama, enquanto o sono não vem, e acabam antes que você comece a bocejar. Pelo menos eu espero que sim.

a LAdra

Num passo apressado, ela atravessa o corredor principal da igreja matriz em direção ao confessionário.

– Bom dia, padre! Queria me confessar, mas antes eu tenho umas dúvidas. Será que o senhor podia me esclarecer?

– Claro. Pode perguntar, filha.

– Desde a minha Primeira Comunhão que eu não me confesso, isso é pecado?

– Quanto tempo faz?

– Affff... padre, muito, muito tempo. Para o senhor ter uma ideia, naquela época "Os Trapalhões" ainda eram quatro e o Michael Jackson era pretinho, pretinho.

– Nossa, mas isso é pecado!

– O quê? O Michael Jackson ficar branco ou eu levar tanto tempo pra vir aqui contar os meus podres pro senhor?

– Deixa pra lá, minha filha, vamos logo com a sua confissão, que daqui a pouco a fila começa a aumentar.

– Uma última pergunta, padre. É sobre a minha confissão. É que eu roubo detalhes, sabe? Será que isso é pecado?

– Detalhes? Meu Santo Agostinho, mas o que é isso, filha? Você rouba pequenas coisas, pertences dos outros?

– Não, padre. Eu roubo detalhes mesmo. Eu reparo coisas nas pessoas, guardo comigo e depois uso pra escrever crônicas, criar personagens, inventar estórias, sabe? Isso é pecado?

– Mas, minha filha, você prejudica essas pessoas? Ganha dinheiro com esses "roubos"?

– Não, padre. Na verdade elas nem notam que estão sendo roubadas. E eu ainda não publiquei um só livro. Nunca lucrei com nada. Então não é pecado, né?

– Eu acho que não, mas em todo caso, lembre-se: roubar é contra o sétimo mandamento de Deus, filha.

– Foi o que eu pensei, padre. É por isso que eu vim. Esta semana, por exemplo, eu roubei uma ansiedade das mãos de um menino de unhas roídas e olhar inquieto. Depois, num restaurante, roubei a indiferença e o tédio da mesa de um casal que almoçou sem trocar uma só palavra. Dentro de um elevador, acabei roubando, mesmo sem querer, a solidão de um velhinho, que tentava puxar conversa com uma ascensorista toda sorridente. Num banheiro de *shopping*, roubei a insegurança de uma mulher linda que ficou mais de cinco minutos ajeitando uma franja que me parecia perfeita. O pior é que não

O QUE ELA TEM QUE EU NÃO TENHO? |

consigo mais parar de roubar detalhes, momentos, olhares, gestos, palavras, silêncios.... Tenho medo de que meu banco de detalhes um dia fique tão gigantesco que eu acabe perdendo o controle sobre ele. Padre? O senhor está compreendendo o meu drama? Padre? Padre? Padre Ambrósio? Ai, minha Santa Edwiges, ele sumiu! Será que foi alguma coisa que eu disse?

SOBre o gELO DeRrETidO

Chorei até a garrafa secar.

Arrependimento puro e legítimo dá nisso. Queima o fígado no dia seguinte, faz a cabeça amanhecer doendo de tanto pensar: por que fiz isso? Por que não deixei para o dia seguinte, para o mês que vem, para o ano que vem? Por que o carro não quebrou antes da minha chegada? Por que não perdi a voz antes de dizer o que não devia? De escrever o que não podia? Agora já foi. Tudo foi dito, copo vazio de argumentos. Impossível engolir palavras vomitadas. Agora é tarde. Enquanto a sala gira, penso em quantas voltas a minha vida ainda dará até que eu aprenda a pensar antes de falar, ler antes de escrever, calcular antes de arriscar, olhar antes de atravessar meu coração por ruas perigosas. A última dose, só mais essa. Um brinde aos arrependimentos, que nunca são servidos como lição, somente acompanhados de esquecimentos completos ou desculpas adocicadas. No fim, não adianta mesmo, a gente sempre volta a beber da angústia do que não devia ter feito. Não é o arrependimento que vicia, é a esperança de uma nova chance, que pode estar no próximo gole.

TeLE-entrEGa dA maRé

Marta tinha sido específica em seu pedido. Caprichou nos detalhes pra evitar enganos. Há poucas horas, pontualmente à meia-noite, estava de água até as coxas, num vestido branco, encharcado pelo mar. Nas mãos, um ramalhete de rosas. No coração, uma esperança alegre, embriagada de champanhe. Torcia pra que a Rainha do Mar visse com carinho sua singela oferenda. Sem olhar pra trás, retornou feito criança, correndo pra areia logo depois das flores lançadas. Não queria assistir a nenhuma delas voltando com a força das ondas. Precisava dormir aquela noite acreditando que Janaína tinha acolhido seu presente. No dia em que conheceu Miguel, não teve dúvida: Iemanjá gosta de rosas brancas. E ainda sabe entregar uma encomenda mais rápido do que o Sedex.

SOMeNTe Ida

Idalina era balconista. Há vinte anos vendia roupas na mesma loja, na mesma rua, na mesma praça, em frente à mesma igreja da pequena cidade onde havia nascido. No banheiro das funcionárias ficava um espelho enferrujado. Ela nunca começava a trabalhar sem antes se maquiar pra ele. Testemunha fiel da sua história, desde o seu primeiro dia ali. Em todos esses anos, ele refletiu cada um dos seus sorrisos apaixonados, cada lágrima de dor e decepção. Viu seus seios crescerem e depois caírem, sem que nem mesmo ela percebesse. Acompanhou de perto a chegada de cada uma das rugas, que hoje parecem brincar de roda em volta dos seus olhos escuros.

– Um dia ainda tiro férias até de mim e nunca mais volto. – comentou ela, com a empacotadora, enquanto colava o nariz no espelho e ia tirando os fios da sobrancelha com a pinça.

Naquela manhã de sexta-feira, pela primeira vez em duas décadas, Ida não apareceu para trabalhar. Entre um embrulho e outro, a empacotadora era a única pessoa na loja que não parecia preocupada. Passou o dia inteiro se divertindo ao imaginar o destino de Idalina.

No aeroporto, Ida atravessava o saguão, arrastando uma mala vazia. Com uma nova personalidade, quem iria precisar de roupas usadas? Compraria tudo novo, num estilo completamente diferente. Na bolsa levava apenas uma quantia em dinheiro, a carteira de identidade – que em breve nunca mais a identificaria –, um batom da Avon e seu mais secreto cúmplice: o velho espelho. Jurou que ele ainda a veria completamente transformada. Não morreria sem refletir ali a imagem de uma nova mulher.

Ao chegar ao balcão, a atendente da companhia aérea prontamente sorriu, pedindo-lhe os documentos e a passagem.

– Ainda não comprei. – disse ela, calmamente.

– Sem problemas; a senhora pode adquiri-la agora mesmo. Para onde quer viajar?

Ida não teve dúvida:

– Veja aí, meu bem, o que tem na promoção pra bem longe. Vocês trabalham com crediário, né?

O que ela tem que eu não tenho?

– Oi, Fê, desculpe o atraso!

Com essa chuva, o trânsito ficou insuportável. Noooossa! Que cara é essa?

– Ué? É a minha de sempre. Não está me reconhecendo não? Senta aí, vamos pedir logo esse chope.

– Fernanda Maria Fialho, pode começar a contar o que aconteceu. Vamos, mulher, desembucha!

– Ai, Dóris, não faz isso. Eu odeio quando minha mãe me chama assim...

– OK, não desconversa, Fê. Teu chefe te demitiu, foi? Fala! Já sei, não está conseguindo pagar as prestações do carro? Eu disse que aquilo não era bom negócio...

– Nada disso... A minha cara está tão horrível assim?

– Péssima, amiga! Péssima!

– É o Tales...

– Aquele teu ex, o rabugento crônico, que vivia reclamando de tudo?

– Esse mesmo...

– Que tem ele? Morreu?

– Não...

– Se acidentou?

– Não, bem pior.

– O que pode ser pior do que isso, meu Deus?

– Ele arrumou uma namorada.

– ...

– Ai, que ódio me deu, Dóris! Meu estômago está tão apertado que, se eu comer uma azeitona, vomito!

– Fê, só um pouquinho pra ver se eu entendi direito: você está "P" da vida porque um ex que você nem lembrava mais que existia resolveu atazanar a vida de outra?

– Eu nunca o esqueci...

– Sei... Espero que você também não tenha esquecido todas as cachorradas que ele aprontou. E agora que ele transferiu o contrato de aluguel pra outra vítima, você fica aí parecendo a Maysa em fim de *show*: "Meu mundo caiu"! Fala sério, Fê!

– A merda é que ela é bonitinha, tem uns 23 aninhos, bem magrinha, sabe?

– Entendi, entendi tudo!!! Ai, não chora, vai, que me parte o coração... O que essa piranha faz da vida?

– Não sei direito, acho que é professora de dança do ventre ou alguma coisa assim... Que inferno! Fico imaginando ela lá dançando pra ele, com aquelas roupas coloridas, cheias de véus, sabe?

– Fê do céu! Quando foi que você virou essa masoquista compulsiva? Você nunca foi assim!!!

O QUE ELA TEM QUE EU NÃO TENHO?

– Pois é, desde que recebi essa notícia uma pergunta me persegue dia e noite.

– Qual?

– O que é que ela tem que eu não tenho, Dóris? Fala pra mim, amiga!

– Você quer saber, Fernanda? Então vou te falar: pra começar, autoestima. Olho pra você e não vejo nem sinal dela no momento. Nisso a dançarina já está ganhando longe! E outra: noção!!! Quem disse pra você que a gente sempre escolhe alguém melhor do que a pessoa anterior? Onde está escrito isso? O Tales, por acaso, era melhor do que o Marcelo, teu outro namorado?

– Não, o Marcelo era tudo de bom!

– Então o que você viu nesse Tales, afinal?

– Não sei explicar, Dóris; ele era diferente.

– Claro que era. Cada pessoa é diferente, porque causa emoções diferentes. Fê, presta atenção: quando nos apaixonamos, não é pela pessoa não.

– Não?

– Não! É pela emoção que aquela pessoa causa na gente.

– Como assim? Você está querendo dizer que nunca me apaixonei por ninguém?

– Mais ou menos. Na verdade, é como se a gente fosse guardando ao longo da vida diversas cenas em uma espécie de "banco de emoções". Isso começa lá quando somos bebezinhos, passa pela infância e vai formando um arquivo inconsciente de tudo que nos proporcionou emoções boas. Pode ser o sorriso de uma avó carinhosa, o perfume de uma flor do jardim onde brincávamos, um gesto de carinho, o amparo de um professor num momento de medo, um olhar de aprovação e assim por diante. Um belo dia, quando somos adultos, aparece alguém que repete aquela cena de forma muito semelhante e dispara o gatilho dessa memória. Pode ser uma voz, um cheiro, um jeito... Então aquela sensação que estava lá congelada acorda com tudo outra vez, só que agora associada àquela nova pessoa na nossa frente. Pronto! Você se apaixona por ela.

– Hum... Interessante... Talvez isso explique por que o amor é tão cego às vezes!

– Às vezes não, né, amiga? Quase sempre! Isso explica muita coisa. Explica por que não existe esforço ou razão na paixão. Você nunca vai conseguir fazer com que alguém se apaixone por você. A não ser que você esteja na "memória" dessa pessoa.

– Nossa, isso é um consolo e tanto. Juro que vou tentar me lembrar.

– É a coisa mais libertadora do mundo! Desde que descobri isso, nunca mais sofri de rejeição. Está tudo escrito, quer dizer, fotografado, gravado... Está lá! Ou não, como diria o Caetano. Não é mágico?

– Aposto que foi aquela sua vó meio bruxa que te ensinou, né?

– Nada! Li num livro de psicologia.

– Não se fazem mais bruxas como antigamente...

O QUE ELA TEM QUE EU NÃO TENHO? |

– É verdade! Vamos pedir, que estou morrendo de fome. Garçom, por favor!!! Eu vou querer um côngrio ao molho de maracujá... E você, Fê?

– E eu uma carne-seca de bailarina ao molho pardo!

– Fêêê!!!

– Brincadeirinha....

SinCEricídiO

Circulava a casa de Raul há horas, dando voltas cegas no quarteirão. O CD do carro já tocava pela terceira vez, sem que eu notasse. Já tinha reconstruído nossa história diversas vezes, imaginado um milhão de finais, menos aquele tão banal, tão sem romance, sem intriga, sem sexo, sem mistério, sem charme.

Talvez tivesse faltado exatamente isso em cinco anos de namoro: um segredo daqueles tão surpreendentes quanto um jacaré na piscina ou um escorpião debaixo do travesseiro.

Mas não! Nossa relação fora sempre tão segura e óbvia quanto comida de mãe. Sabíamos tudo um do outro. A cumplicidade era tanta que muitas vezes se tornavam desnecessárias as palavras. E agora ali estava eu, sem conseguir encontrar nenhuma pra dizer-lhe que tudo chegou ao fim. Se ao menos existisse um motivo, uma desculpa, outro homem, uma traição, um crime,

| LUCIANA VON BORRIES

um corpo, sei lá... Mas não há nada concreto onde eu possa me agarrar, só um vazio imenso, um nada em que se transformou o meu amor. Como explicar isso a Raul?

Como dizer a ele que nosso amor morreu e que nem eu mesma sei a que horas ele parou de respirar?

Aqui jaz um amor puro e sincero, que partiu ainda na infância.

* 2001–2006 +

Meu Deus! Eu já o tinha até enterrado, sem que Raul soubesse. Resolvi fechar o carro, ligar o alarme e descer. Ao atravessar a rua, fiquei imaginando como o mundo seria mais simples se todos dissessem a verdade, sem pudores. Tudo ficaria mais ou menos como naquele filme antigo do Jim Carrey, *O Mentiroso*, em que ele é um advogado enganador que fica 100% sincero por 24 horas. Acho a ideia fantástica! A honestidade hilária dele deixa clara a quantidade dantesca de mentiras que um ser humano conta do momento em que levanta da cama até a hora em que vai dormir. Mas como Raul iria reagir? Talvez o amor dele por mim também não esteja mais vendendo saúde. Nunca se sabe o que os homens sentem de verdade...

Antes de chegar ao prédio, a coragem me escapa. Entro num boteco e peço um café. Depois quase me arrependo, lembrando de todas as noites que atravessamos jogando sinuca ali. Mas tenho que me acostumar, afinal essa cidade inteira vai me lembrar Raul por algum tempo; preciso ser forte. Engulo o café num gole só. Pensando bem, ele vai me agradecer se eu acabar logo com isso. "Faça o mal de uma só vez e o bem aos poucos". Lições de Maquiavel que ele mesmo me ensinou.

Eu, particularmente, aprecio muito quando me dizem verdades na cara, por piores que sejam, poupando a minha beleza. Afinal, ninguém pode negar que a verdade aponta caminhos, poupa tempo, devora expectativas inúteis, congela ilusões desnecessárias e põe tudo em seu devido lugar, rente à realidade, numa perspectiva mais clara, como num grande mapa, onde podemos começar a encontrar muitas soluções. Viu? Tudo pode ser bem objetivo; é só eu dizer assim: "Raul, meu amor!" Droga! "Meu amor", não! Melhor assim: "Raul, sinto muito, meu querido, mas a nossa história acaba aqui, descobri que não te amo mais".

Imediatamente começo a imaginar Raul aos prantos, berrando, socando a parede, enlouquecendo, exigindo explicações, nomes, jogando nossos planos na minha cara, jogando o carro contra um muro. Próxima cena: eu, cheia de olheiras, na sala de espera da emergência de um hospital aguardando notícias. Trilha sonora trágica.

Cruzes, preciso parar de pensar tanto! Peço uma cerveja. Estou precisando relaxar, raciocinar com calma. Na maioria das vezes a verdade é dura e implacável, eu sei, mas ninguém pode dizer que ela não é autêntica e cumpridora do seu dever. Eu vou conseguir. Sempre fui determinada. Só preciso raciocinar! Respira, Rita, respira! O garçom já está me olhando com cara de pena e me serve com mais agilidade agora. Olho para o colarinho branco da cerveja e lembro de um ditado árabe que li em algum lugar: "Diga a verdade e saia correndo".

Talvez fosse mais fácil mesmo. Mas covardia não tem nada a ver comigo. É claro que a verdade dói, eu sei. Ninguém quer conhecê-la a fundo, pelo menos não assim, nua, com tudo de fora. Conheço gente forte o suficiente pra enfrentar as piores coisas dessa vida, menos a verdade. Mas Raul não é assim; sei que ele vai me agradecer mais tarde.

E se eu ligasse pra ele? Não, isso não se faz! Terminar uma relação de cinco anos por telefone seria quase um desrespeito. Talvez eu precise conversar com alguém. É isso! Começo a correr a lista do meu celular. Vou ligar pra Pati! Não, ela não. Está casada, infeliz e com dois filhos, vai dizer pra eu mandar o Raul pra ponte que partiu antes que seja tarde demais. Já sei, a Susi! Pensando bem, melhor não! Ela está solteira há muito tempo, vai dizer que sou louca de terminar tudo com um homem como o Raul. Ai, minha Nossa Senhora dos Aflitos! Por que é tudo tão difícil? Rita, põe a cabeça pra funcionar, tem tanta coisa que você poderia fazer pro Raul sumir da sua vida...

Claro! Eu podia simular minha própria morte, dizer que virei lésbica, que entrei pra uma seita religiosa, inventar um curso no exterior, uma doença contagiosa ou uma tese de mestrado. Eu podia dizer que me tornei *hippie* e vou morar numa comunidade isolada que só come alimentos crus, me alistar pra trabalhar no Camboja ou a mais baixa das saídas: transformar a vida do

Raul num inferno até que ele queira se separar de mim. Esquece, Rita, você jamais conseguiria ser tão cretina.

Então deixo o dinheiro da minha conta sobre a mesa e caminho a passos lentos, como se estivesse no meu próprio cortejo fúnebre. Sigo pela calçada rumo ao apartamento de Raul para cometer mais um dos meus célebres since-ricídios. A minha alma não tem salvação mesmo. Parado na porta do boteco, o garçom fica rezando por mim.

Crônicas & incuráveis

Entender as mulheres não é tarefa fácil. Foi com esse desafio que comecei a assinar a coluna "Comportamento Feminino" na revista gaúcha *Versatille* (entre 2007 e 2010). Um espaço inquieto, criado pra trocar experiências sobre cotidiano, sexualidade, filhos, neuras, papéis, carreira, amor, liberdade e outras dores de cabeça bem femininas. Este capítulo é uma coletânea desse trabalho. Você vai descobrir que a cura pode ser difícil de encontrar, mas que compartilhar com outras mulheres é o melhor remédio pra um alívio imediato.

PrinCesaS EnCANtadaS por eSTóriAs MenTIrosas

Desde que a gente tem três anos de idade e consegue entender alguma coisa, começa a escutar uma mentira deslavada e cruel que habita muitas estórias infantis: o mito do príncipe encantado. Quem não passou horas na cama ouvindo a mãe, o pai ou a avó narrar a triste vida da gata borralheira? A pobre submissa e explorada, que vivia na faxina, sem final de semana, sem um cineminha ou uma distração? Mas, um belo dia, eis que toda essa tortura é transformada magicamente em felicidade com a chegada do príncipe encantado, que ainda por cima era herdeiro do trono. Ou seja, tudo em sua vidinha medíocre muda da água pro vinho. Ou melhor, do farrapo pra seda pura. Primeiro aparece uma fada madrinha, do nada, e a deixa linda de morrer para o baile. Depois, cheia de autoestima e segurança, ela manda a patroa e as mocreias das filhas dela catarem coquinho no mato. Tudo isso porque dançou uma valsa com o príncipe durante alguns

| LUCIANA VON BORRIES

minutos numa noite estrelada. Ah! Claro, outro detalhe importante: graças ao seu pé tamanho 35, que coube no sapatinho de cristal, o príncipe se apaixona por ela. Se um dia eu tiver uma filha, vou esconder essas estórias dela como se fossem uma arma carregada.

É claro que hoje em dia o repertório de livros anda muito mais vasto e criativo, graças a Deus e a autores infantis maravilhosos. Mas quem tem mais de 30 anos não teve acesso a tantas opções, e sabe que todas essas estórias só terminavam quando chegava a hora do casamento perfeito, seguido da felicidade eterna.

É incrível como ninguém se dá conta, mas isso grudou no inconsciente das mulheres de uma maneira que me dá medo. Toda hora escuto queixas de princesas desapontadas com os príncipes das suas vidas. E não são princesas com cinco ou seis anos de idade, não! Elas são advogadas, administradoras, bancárias, mulheres entre 30 e 45 anos, independentes e analisadas. É claro que, se você perguntar a qualquer uma delas se está procurando um príncipe, todas dirão que não, que eles não existem. Mas experimente pedir que façam uma lista de tudo o que esperam de um homem. Pronto! Troque o carro zero por um cavalo branco e você terá a descrição perfeita de um. Não tem jeito. Fizeram uma lavagem cerebral na gente.

A crença de que a vida vai ser tudo que sonhamos a partir do momento em que formos amadas por um homem perfeito é tão introjetada na mente feminina que já se tornou um paradigma. E paradigma é assim mesmo: ninguém percebe que está dentro dele a não ser que saia.

| 38

O QUE ELA TEM QUE EU NÃO TENHO? |

Como um peixe dentro de um aquário, que pensa que o mundo está submerso. Simples assim. As mulheres precisam formatar seus HDs, reprogramar suas visões e suas expectativas de uma vida inteira se quiserem ser felizes. Só isso.

Mas vamos voltar às análises: Branca de Neve agora. Essa já desde pequena tinha uma relação barra pesadíssima com a mãe, que na verdade se dizia sua madrasta. Aquela inveja tão cruel revela, na verdade, muito mais coisas que nem vale entrar em detalhes aqui. Freud explicaria tudinho fácil, fácil. O problema é levar mães pra fazer análise. Ainda mais uma narcisa e psicótica que falava com o próprio espelho. Quanto botox, quanta plástica pra nada. Tudo em vão, pois a Branca de Neve era muito mais bonita. E o que era ainda pior: mais jovem, e com a vida inteira pela frente pra conhecer um príncipe.

Com uma mãe assim, o jeito era sair de casa mesmo. Se lançar à própria sorte, sem grana pro aluguel, sem conhecer a cidade, no caso, a floresta. (Pra quem não sabe, sempre que tem floresta numa estória, ela simboliza o desconhecido, algo a ser descoberto, desvendado. Pode ser até mesmo dentro da gente. Normalmente é.)

No caso aqui, a Branca de Neve não teve propriamente iniciativa, mas foi impelida a tomar uma atitude, já que do contrário o lenhador a mataria, lembra? OK, mesmo assim vamos dar um voto a ela, pois, comparada à Cinderela, até que a bichinha foi bem corajosa. Tá certo que depois ela foi paparicada até dizer chega pelos sete anões. Detalhe: todos baixinhos, gordinhos,

| LUCIANA VON BORRIES

com cara de vovô. Ou seja, a estória já separa bem: pra amigos eles serviam, agora, pra namorar, nem pensar! Todos eles eram caras legais, simpáticos, trabalhadores e educados, mas Branca de Neve estava em busca do Príncipe Encantado. Logo, não deu mole pra nenhum deles. E foi justo quando ela comeu a tal maçã envenenada, quando tudo parecia ter um final trágico, que o Príncipe Salvador de Destinos apareceu para livrá-la de todo o veneno da madrasta, de todo o tédio da floresta e de uma vida inteira sem emoção nem aventuras. Daqui pra frente, a gente já sabe: eles se casam e vivem felizes para sempre. Agora eu pergunto: quem garante isso? Quero provas. Fotos da Branca de Neve depois de dois filhos e dez anos de casamento. Ninguém tem, né? Claro!

Pra mim, a pior estória de todas, a campeã dos absurdos, aquela que deve ter feito mais vítimas das suas fantasias, é a da Bela Adormecida. A coitada nem vida teve antes que o príncipe beijasse seus lábios e a despertasse. Nem amigos bacanas tipo os sete anões, nadinha. Ela vivia presa num castelo, passando o tempo a fiar numa roca onde acabou furando o dedo e sendo amaldiçoada a dormir por séculos. Ora bolas, o que é um sono desses se não a própria morte? Gente, pensa bem: o príncipe ressuscitou a pobrezinha, é mole? Quanto poder tinha esse homem? Antes dele ela estava morta! Alguém tem alguma dúvida disso? Claro que antes do beijo ele lutou contra uns dragões imensos e botou todos pra correr. Afinal, príncipe que se preze tem que ser lindo, romântico e corajoso. É por isso que eu digo: não existe sacanagem

O QUE ELA TEM QUE EU NÃO TENHO? |

maior com uma mulher do que contar essa mentirada toda quando ela é criança. Depois crescemos e precisamos nos deparar com a realidade. Ou seja, com príncipes de carne e osso. Mas uma coisa é certa: cedo ou tarde, antes ou depois de arrastar muita corrente, durante ou depois de muita análise, com 20 anos se for um prodígio de esperteza, com 30 se for bem observadora ou só aos 40 se for muito ingênua, você vai descobrir que:

1. Os príncipes da vida real andam mais medrosos do que nunca. Medos todos idênticos aos nossos: de perder o emprego, de não ser promovido, de ser assaltado, de não ser amado, de o dinheiro acabar antes do final do mês... Enfim, a lista é mais longa do que As Mil e Uma Noites.

2. Um namorado muito bonito pode dar bastante dor de cabeça, principalmente se ele tiver plena noção disso.

3. Um amor de verdade pode sim mudar a vida da gente pra melhor, principalmente se no enredo sobrar respeito, admiração, confiança, intimidade e cumplicidade. Construir uma relação assim que é uma tarefa pra herói, só que feita a dois.

4. A vida e a felicidade não começam quando você conhece um homem. Na verdade, elas podem até terminar exatamente aí, dependendo de quem ele seja. É bom ficar de olhos bem abertos. Agora, independentemente de quem você seja, como

| LUCIANA VON BORRIES

mulher, tem um compromisso intransferível consigo mesma: começar a ser feliz já, tendo ou não encontrado o homem da sua vida. Até porque não existe ímã mais poderoso pra atrair amores, empregos, sucesso e amigos do que a felicidade e o bom humor. E, da próxima vez que você encontrar um livro de fábulas como esses que a gente conhece tão bem, mande pra mim. Estou juntando tudo pra fazer uma fogueira em praça pública. Aliás, se há 40 anos as feministas tivessem queimado todos eles em vez daqueles sutiãs, hoje estaríamos contando estórias bem diferentes para os nossos analistas.

Depois te conto tudo

Todo fevereiro eu escuto aquela mesma piada infame que diz que este é o mês em que as mulheres falam menos. Fazer o quê, né? Pior que é verdade. A gente fala mesmo. Desde criança é assim. Observe uma menina pequena – por volta de dois anos – e um menino da mesma idade, que estão aprendendo a se comunicar. É fácil identificar quem fala mais, quem já articula uma frase completa com facilidade. É impressionante a diferença. O problema é que a gente cresce e precisa conviver com os homens. Mecânica completamente diferente. Outro sistema de transmissão de dados. Uns mais, outros menos compatíveis, mas todos, com certeza, condenados a sofrer com a verborragia feminina.

Mulher raciocina pela boca. A gente pensa falando, sonha falando, faz planos falando, se apaixona falando, ama falando, odeia falando, sente ciúmes, inveja, raiva, tudo falando. Seguimos buscando as respostas pra tudo colocando sentimentos e palavras pra fora. Vai ver que

| LUCIANA VON BORRIES

é por isso que fazemos mais terapia, choramos mais no ombro das amigas, desabafamos com a manicure e somos capazes de contar nossa vida inteira para um desconhecido em dez minutos. Haja ouvido pra tanta falação! Não é à toa que o mercado da telefonia celular está cada dia mais poderoso. Ainda bem que a maior invenção da comunicação moderna apareceu a tempo para nos salvar das contas exorbitantes e da falência total. Benditos sejam os inventores do msn e dos torpedos.

Tenho uma amiga que diz que conversando já teve os maiores *insights* da sua vida. É assim que funciona pra gente. Contar pra alguém o que nos incomoda reorganiza as ideias, alinha as perspectivas, nos faz ver a coisa por novos ângulos. E aí, pimba! Não dá outra: as fichas vão caindo e se encaixando. O interlocutor pode ser uma amiga cheia de conselhos ou um marido se esforçando pra ficar acordado. Não importa. O negócio é esgotar o assunto da mente pra remontar o quebra-cabeças das questões diante dos nossos olhos. Sempre funciona. A gente sabe que é assim.

E pensar que foi um homem que acabou famoso no mundo inteiro como o inventor da análise. OK! Tirando todas as teorias indiscutivelmente fundamentais e revolucionárias que ele criou, vamos combinar que o método analítico da associação das ideias já existia faz tempo. Como somos boazinhas, deixamos pra ele o título de pai da psicanálise. Mas é bom que fique bem claro: muito antes de Freud nascer, nós já éramos as mães dela.

Pelos poderes de Greyskull

É incrível como a maldita exigência de ser perfeita em tudo deixou a mulher de hoje tão sobrecarregada de funções e papéis. Isso me faz ver qualquer uma que seja bem-sucedida profissionalmente, esteja casada, com tudo em cima e ainda tenha filhos, como se fosse uma heroína com superpoderes. E todas elas são mesmo. Fico pensando: como conseguem ser tantas ao mesmo tempo? Juro que admiro. Primeiro, por dominarem como ninguém as habilidades de serem mães presentes, educadoras e psicólogas de plantão. Terem visões de raio *laser* pra descobrir que o mais novo está com febre porque a amidalite voltou e o mais velho matou aula de novo. Depois, por trabalharem fora o dia todo e se dedicarem às suas carreiras. Muitas vezes até estudando pra conquistar mais diplomas, na ânsia de serem finalmente reconhecidas e ganhar um bocadinho mais. E a determinação supersônica, então? Aquela pra manter o corpo em dia – e o desejo do marido também – fazendo ginástica, lipo, dieta, drenagem linfática, massagem redutora de celulite, depilação, unha e escova toda santa semana.

Isso tudo, é claro, administrando a casa pra que não falte nada, tudo esteja limpo e arrumado, funcionando como um relógio suíço. Afinal de contas, criança exige horário, comida saudável e uma disciplina quase militar. Sem falar na vida social do casal. Claro! De que adianta estar com a casa perfeita, toda linda e maravilhosa, se não é pra mostrar pros amigos, oferecer churrascos e jantares aos colegas da empresa do maridão, não é mesmo? Com mil rolos de macarrão, Batman! Duvido que a She-ha fosse dar conta de uma maratona dessas.

É por isso que, quando vejo uma mulher assim, fico só admirando, contemplando, tentando ver se descubro seu segredo. Onde será que guarda sua capa e espada mágicas? O pior é que elas estão por toda parte. E se tornaram um padrão de perfeição feminino mais perseguido que o Santo Graal. Caso contrário, não estariam nas capas das revistas e nos comerciais de TV vendendo maquiagem, margarina e terreno em condomínio fechado. É ou não é? Só tenho uma dúvida nisso tudo: esse protótipo não seria um modelito um tanto pesado demais pra qualquer ser humano carregar? Pensando bem, acho que prefiro enfrentar o Coringa, o Pinguim, o Duende Verde e o Esqueleto de uma só vez.

O problema é que agora não dá mais pra colocar a culpa na repressão masculina, como fizeram as feministas da década de sessenta. Não foram eles que inventaram essas regras. Fomos nós mesmas. Saímos de casa pra trabalhar

O QUE ELA TEM QUE EU NÃO TENHO? |

dizendo: "Eu vou sair e ninguém vai sentir a minha falta". Entramos nas empresas deixando bem claro: "Aqui vocês nem vão notar que sou uma mulher".

Pronto! Com essas duas sentenças selamos nosso destino de ter tripla, quádrupla jornada pro resto das nossas existências. É mole?

Tudo bem que, quando saímos em busca de trabalho, as regras já estavam estabelecidas, todas baseadas no jeito masculino de pensar e fazer as coisas. OK, chegamos depois, pegamos o mercado profissional andando. Não dá para querer sentar na janela, né? Preferimos trabalhar duro, lutar discretamente, e aos poucos, por um lugarzinho. Hoje, diversas já estão com uma vista privilegiada do alto do poder de suas poltronas. Conquistaram seu espaço à foice e não tem quem não respeite isso. Mas a verdade é que ainda falta muito. Infelizmente as pesquisas continuam mostrando que as mulheres ganham menos ao ocupar os mesmos cargos que os homens. Isso sem falar no machismo que ainda impera em algumas empresas. Quem disser que não está mentindo ou tem a sorte de trabalhar em uma dirigida só por mulheres. E, mesmo nesses casos, ninguém está livre da ameaça atômica da discriminação. Aquela coisa silenciosa, velada, que vai te corroendo por dentro, causando queda de cabelo, úlcera e muita, mas muita, raiva. Sim! Porque se engana quem pensa que o machismo mora apenas na mente atrasada de alguns homens que pararam na Era Paleolítica. Não senhora! Tem mulher machista às pencas por aí. Mas isso rende tanto pano pra manga que merecia até um outro texto.

Sigo aqui pensando como vamos competir de igual pra igual no mercado de trabalho, se continuamos querendo levar o mundo nas costas, enquanto o nosso "adversário" carrega, no máximo, a carteira e o *laptop*.

Por isso é bom tomar cuidado se você persegue esse modelo Heroína Completa – Versão Ultra Mega Plus Turbinada, ou seja: supermãe, superprofissional, super-dona de casa, superamante e supermulher-maravilha. Será que precisamos mesmo vestir todos esses papéis? Mesmo aqueles que parecem não nos cair bem, que nos sobram nos ombros ou nos apertam a cintura?

Não sei se você já reparou, mas, de uns anos pra cá, até mesmo os super-heróis estão mais humanos. O Homem Aranha, por exemplo, só continuou fazendo sucesso porque se assumiu um inseguro de carteirinha, apesar de permanecer com seus superpoderes. Parece que o mundo não se identifica mais com esse modelo fora de moda de herói, ao estilo Super-Homem. Aliás, quase ninguém mais lembra dele, e sabe por quê? Se estivesse vivo, não conseguiria ganhar a vida nem dançando no Clube das Mulheres. Ele nunca aposentou seu ar superior e insensível de quem acaba com todos os vilões sem despentear aquele cabelinho brega, grudadinho de gel. Faça-me o favor, né? Agora, você já parou pra ver o Wolverine, do X-Men? Ele é disparado o herói mais moderno e bem-sucedido.

Repare que, além de ser um mutante – algo fora dos padrões –, é dono de um charme todo especial, de quem tem um "outro" por dentro, um lado oculto, contestador,

O QUE ELA TEM QUE EU NÃO TENHO?

cheio de conflitos. Quem resiste a isso? Sua principal característica é se recuperar ultrarrápido depois de se machucar. Ele investe nesse diferencial, e é isso que o faz único, especial mesmo. Ele não fica querendo dar uma de garanhão, de intelectual, de todo-poderoso, de sei lá o quê. Seu segredo é ter personalidade.

É aí que eu quero chegar. Acho sinceramente que as mulheres podem ser tudo o que quiserem, fazendo milhões de coisas ao mesmo tempo. Tudo bem, sempre fomos boas nisso. Mas, e se, em vez de ficarmos perseguindo modelos femininos suicidas, a gente procurasse descobrir quais são nossos verdadeiros superpoderes? E aí, sim, investirmos todas as forças neles para conquistar o mundo? Ou será que alguém ainda tem dúvida de que um dia ele será todo nosso? Eu não tenho.

FeliCidade garANtida ou A Sua rEalidAde de vOlta

Não adianta: quando você acorda com o pé esquerdo, parece que a Terra amanheceu girando pro lado errado. Já tinha até me acostumado com a construção ao lado de casa. Depois de um tempo, ela virou meu despertador oficial. Quando estou de bom humor, juro que nem me importo de acordar ao som de uma britadeira histérica. Mas essa não era, definitivamente, uma dessas ocasiões. O bate-estaca começou no meio do meu sonho e foi me trazendo violentamente pra realidade de uma segunda-feira cinzenta de outono. Eram 7:30 da manhã e o ordinário do pedreiro parecia estar colocando toda a raiva que tinha da sogra naquela maldita marreta. Tanto barulho deixou até a minha cachorra, que acorda sempre radiante, de mal com a vida. Resolveu que não comeria de jeito nenhum seu café da manhã. Parada em frente ao pote, olhava pra ração e depois pra mim, com um irritante ar de indiferença. Cheirava a comida e me encarava. Comer que era bom, nem uma bagui-

| LUCIANA VON BORRIES

nha sequer. Eu via aquele pacote de ração Super Mega Hiper Blaster Premium e tentava achar uma explicação pra tanta rejeição. Bem na frente, em destaque, lia-se "Novo sabor exclusivo". Afinal, como uma cadela com apetite sempre a toda prova podia recusar uma "ração que representa o que há de mais avançado em nutrição e saúde canina"? Alimento enriquecido com "vitamina A, D, E, proteína, fósforo, cobre, zinco, manganês, ferro". Ou seja: "tudo o que o seu cão precisa pra ter energia, força e muita saúde com um sabor irresistível".

Ela voltava a me olhar fixamente, como quem diz:

– Coma isso todo dia pra ver como é "irresistível"!

Tratei de ignorá-la e preparar algo pra mim, antes que todo o meu dia começasse atrasado. Enquanto passava o café, me distraía lendo o rótulo da embalagem.

Exatamente como pensei: meus problemas haviam acabado. Eu tinha em minhas mãos "grãos selecionados, que ofereciam um café nacional mais puro, saboroso e de aroma incomparável". Se fizesse a receita italiana explicada ali, então, era certo que meu dia seria indescritivelmente especial. O sol quem sabe nascesse outra vez, só pra me dizer bom-dia. Mas eu não tinha tempo, estava atrasada, precisava tomar um banho rápido e estar impecável pra uma reunião em 40 minutos.

E a solução me esperava no chuveiro: um xampu que deixa "a raiz do cabelo limpo o dia inteiro, o couro cabeludo purificado e os fios com todo o brilho e a hidratação *gloss intensive* que você precisa". Pronto! Agora era só passar o condicionador que sela 100% das escamas dos fios e dar adeus ao aspecto de teia de aranha, aos famosos fios rebeldes. Do que eu podia reclamar? Minhas madeixas iriam passar o dia brilhando feito um cetim e coordenadas tal qual um balé russo. O que mais eu podia querer no mundo? Preocupação? Pra quê? Nada de ruim acontece a uma mulher que está usando "a máxima proteção do Desodorante Energy Fresh, com sua fórmula ultra *soft line*". Nossa, talvez hoje eu nem precise trancar a porta do carro ao estacionar. Posso sentir uma espécie de campo de força positiva ao meu redor. Respiro confiança. Transpiro perfume de jasmim.

Após um dia inteiro de correria e longas reuniões, dou uma passada no supermercado. Preciso comprar algo rápido e, o mais importante, muito saudável e nada calórico. Logo tudo estava resolvido: encontrei uma sopa de pacote, instantânea, que fica pronta em 3 minutos, feita com ingredientes selecionados e que tem apenas 25 calorias! Quem disse que é difícil fazer dieta?

Corro pro caixa, não sem antes passar na banca. Se tem uma coisa que revoluciona a vida de uma mulher é uma boa revista feminina. E lá estava ela, pronta pra mudar o meu destino. Na capa lia-se de longe: "Perca 7 kg em 10 dias. Divina na festa – *make ups*, penteados e roupas pra você arrasar a partir de R$ 5,00. Nova meditação contra as rugas – só 2 minutos por dia pra você voltar aos 20 anos. O I Ching do Amor – equilibre o *ying* e o *yang* e faça sua relação dar certo". E só o que eu precisava pra ter aquilo tudo – e ainda ficar igual à deusa estampada na capa – era desembolsar R$ 7,50! Não é uma bênção?

| LUCIANA VON BORRIES

Ao chegar no caixa, a atendente pergunta prontamente:
– Faltou alguma coisa?

Com a revista e a sopa dentro da cestinha, eu penso como é injusta essa fama de "eternas insatisfeitas" atribuída às mulheres. Às vezes a gente precisa de tão pouco pra ser feliz. Algumas mentiras bem contadas e muita imaginação podem transformar o nosso dia no quadro da perfeição, ou quase isso...

Diante do meu olhar distante, a moça ainda aguarda uma resposta e insiste:
– Era só isso pra senhora?
– Não! Por acaso vocês têm tônico pra abrir apetite de cachorro?

Ligar, não ligAr, ligAr, Não ligaR...

Na lista das grandes questões da humanidade, tais como "Existe vida após a morte?", "Deus é realmente justo?", "Há mesmo outros planetas habitados?", está uma pergunta que atormenta nove em cada dez mulheres: "Devo ou não devo ligar para aquele cara que me interessa ou com quem saí?" Procurando dividir suas angústias com alguém, elas são capazes de perguntar pra qualquer um que apareça na frente: mãe, irmã, prima, manicure, faxineira, porteiro... Se bobear, até o cachorro entra na roda: "Se o Bilu tomar água, eu ligo. Se ele comer ração, não ligo". Céus!

Caso a pessoa questionada seja eu, puxo logo da manga uma lógica que, embora não pareça, é muito simples: "Você está pensando em ligar porque sente a falta dele, certo? Se está sentindo a falta dele, é porque ele não ligou pra você. Se ele não ligou, provavelmente não está interessado. Se ele não está interessado, por que cargas d'água você vai ligar pra ele, criatura?"

| LUCIANA VON BORRIES

A dona da pergunta logo começa com uma série de desculpas. Afinal, não era exatamente essa a resposta que ela queria ouvir. No fundo, sua vontade era ligar e precisava de um apoio, uma motivação, um sinal verde. E lá estou eu com meu apito de juiz, marcando em cima. Pode ir parando! Mas nunca adianta nada. Após ficar uma tarde inteira andando de um lado para o outro com o celular na mão até gastar o salto, tudo que uma mulher em dúvida quer escutar é: "Vamos lá, liga logo, o que você tem a perder?" ou "A vida é muito curta pra ficar encucando, está esperando o quê pra ligar?" ou "Se você não ligar, nunca vai saber se ele está interessado" ou ainda a mais inocente e perigosa de todas: "Liga! Os homens precisam de um empurrãozinho!".

Esta última me deixa doida!!! Como assim empurrãozinho? A menos que ele esteja numa cadeira de rodas, todo imobilizado, um homem não precisa de nenhum empurrãozinho. E, mesmo nesse caso, existem celulares com comando de voz pra quê? O que eu estou tentando dizer é que os homens sabem se comunicar muito bem. Caso contrário, nunca teríamos chegado no nível de evolução tecnológica em que o mundo se encontra hoje. É ou não é? Vamos lá de novo. Raciocina comigo: digamos que o cara precise mesmo ser empurrado. OK, ele pode ser inseguro, medroso, traumatizado, ter síndrome do pânico, sei lá! Tudo é possível neste mundo de meu Deus! Se é esse tipo de homem que você quer, vai em frente. Acredite, várias mulheres vão até lhe dar a preferência, mesmo que você esteja na contramão. Mas lembre-se: ou ele não está a fim

O QUE ELA TEM QUE EU NÃO TENHO? |

de você ou é um desses casos. Ou pior: todos esses diagnósticos juntos. E não esqueça de um detalhe importante: é você quem está procurando. Depois não reclame.

Tenho uma amiga que costuma dizer algo muito certo nessas horas de indecisão quanto a tomar a iniciativa. O raciocínio é muito simples: lembre-se de todos os seus relacionamentos saudáveis e bem-sucedidos. Lembrou??? Agora tente visualizar os primeiros encontros, como se conheceram, depois como começaram a sair. Lembrou??? Então? Você teve que ficar ligando pro cara? Precisou ficar empurrando o pobre ou cobrando algum retorno de ligação?

É claro que não! Se é pra dar certo, as coisas vão na correnteza, vêm no vento. Não tem esforço, ninguém precisa nadar contra as ondas. A coisa flui fácil, igual àquela música do Jota Quest: "As coisas são assim, quando se está amando, as bocas não se deixam um segundo... Não tem fim... Fácil, extremamente fácil".

Outra: homem não se ganha no cansaço. Ou ele se encanta por você nos primeiros encontros ou pode esquecer, amiga. Mulher sim, até existe a possibilidade de conseguir uma na insistência, conquistar aos poucos. Homem não! Você já viu algum homem dizer: "Ah... eu achava ela tããão sem graça, feinha tadinha... Aí ela começou a me mandar presentes todo dia, escrever poemas, me convidar pra jantar, foi insistente a danada! Me mostrou um lado intelectual surpreendente, fez um *strip tease show* de bola! Fui me envolvendo de uma forma... e, quando vi, estava apaixonado!"?

| LUCIANA VON BORRIES

Um homem pode até levar mais tempo pra se envolver (normalmente leva mesmo), mas é sempre por alguém que já tinha chamado a sua atenção desde o primeiro minuto. Alguém que lhe pareceu sensual, bonita, com um mistério diferente ou qualquer outra coisa que nada tem a ver com beleza, e que somente Freud saberia explicar... Entre outras análises, até mesmo ele poderia garantir que, se o cara viu alguma dessas coisas em você, não a deixaria mofando à espera de um telefonema.

Não fiquem pensando que sou contra qualquer iniciativa feminina nos relacionamentos. Longe de mim! Só acho que o homem tem um instinto caçador inegável. Faz parte da dinâmica masculina. Não fui eu que inventei isso, foi a natureza. Caso você não ache essa comparação muito machista, vai concordar comigo que leões, por exemplo, não gostam de presas fáceis, não se interessam por nada que esteja morto, à disposição, servido pronto, não! Eles correm atrás da presa, e isso tem tanto sabor quanto a carne que eles conseguem pegar. Já imaginou a confusão de um leão se um alce resolvesse persegui-lo? Ligar todo santo dia, mandar torpedo, deixar mensagens no Orkut ou no Facebook?

OK! Ele pode até devorar o pobre alce oferecido, mas, com certeza, vai achar a refeição mais sem graça da vida dele.

Acho que as mulheres devem ligar, sim! Sempre que estiverem a fim de curtir o momento, sem maiores expectativas futuras. Afinal, se ele não aceitar o convite, OK! Ou, se aceitar e depois nunca mais ligar, você vai se

O QUE ELA TEM QUE EU NÃO TENHO? |

lixar, não é mesmo? Deve ligar sim quando ele também estiver entrando em contato frequentemente, demonstrando interesse de alguma forma. Mas nunca por achar que ele não anda com as próprias pernas. Empurrar homem é muito improdutivo. Além de serem bem mais pesados do que a gente, quem já foi amada pelo menos uma vez na vida sabe muito bem quantos quilômetros um tipo interessado pode caminhar pra conseguir o que quer.

É bom lembrar também que ligar ou não ligar em nada vai influenciar o sucesso do relacionamento. Afinal, o interesse ou a paixão acontecem por fatores sobre os quais ninguém tem controle. O que eu quero dizer é que a atitude de ligar somente pra quem realmente vale a pena é que faz a diferença. A diferença entre perder tempo ou viver momentos legais, gastar energia ou trocar boas energias, se decepcionar ou se surpreender.

Eu sei que muitas vão dormir hoje pensando na estória do leão. Se alguém acha que é aí que mora o problema, acertou! A gente aprendeu a se virar sozinha. E pra isso foi preciso batalhar nosso espaço na sociedade e no trabalho, tomar decisões, perseguir objetivos, demonstrar proatividade, determinação e muita iniciativa. Como vamos ser essa coisa passiva quando o assunto é relacionamento? Olha, mulherada, sinceramente? Eu não sei todas as respostas.

Aliás, essa é uma questão perfeita pra se juntar àquelas lá do início, vocês não acham?

O CarAndiru do Amor

Viver uma grande paixão é bom. Não é por acaso que todo mundo quer um amor "pra sacudir, pra abalar", como canta a Ivete, lá do alto do trio elétrico. É delicioso não sentir os pés, viajar na sensação do toque, deixar o corpo inteiro dançar ao ritmo do coração. Particularmente, acredito que a paixão tenha apenas dois (graves) defeitos: ter data marcada para acabar e nos isolar do mundo. O primeiro deles é comprovado pelos cientistas. Todas as substâncias químicas que produzimos enquanto estamos flechados acabam em, no máximo, 24 meses. O segundo é mais comportamental mesmo. Quando dois pombinhos se encontram, a tendência é que comecem a viver um para o outro, driblando os amigos, esquecendo a família e matando a sede na saliva, como definiu tão bem o exagerado do Cazuza.

Dia desses, navegando pelas redes sociais, descobri o perfil de um rapaz que me chamou muito a atenção. Na foto principal ele aparecia de braços abertos sobre uma pedra em frente ao mar. O álbum era um verdadeiro *book* de esportes de aventura: ele praticando surfe, *rafting*, *paraglider*, mergulho, *bike* etc. Sob as imagens, legendas que se referiam sempre à liberdade: "voando alto", "natureza selvagem" ou, ainda, "liberdade é tudo". Mas reveladores mesmo eram os recados deixados pelos amigos e parentes:

"– E aí, cara? De volta na área! Vamos marcar de sair? Abs, Sérgio."

"– Que bom ver você outra vez na turma das quartas. Vamos combinar um futebolzinho? Abraços, Beto."

"– Quanto tempo!!! Tuas fotos estão lindas. Onde você pegou esse bronzeado? Abração, Tati."

"– Meu Deus, nem te reconheci. Está bonitão, hein, seu sumido? Passa lá em casa. Beijinho da Tia Délia."

E por aí ia... Tive a nítida impressão de que ninguém o encontrava há anos. E a sensação de que, após muito tempo, ele havia resgatado sua vida. Não! Ele não estava voltando de uma temporada no exterior, nem havia acabado de cumprir pena numa penitenciária. Na verdade, continuava na mesma cidade e trabalhando na empresa de sempre. Tinha apenas terminado um namoro.

Acabara de sair da doce e aconchegante solitária do amor. Isso mesmo: daquela cela onde, ao contrário das que vemos em presídios, há espaço somente para dois. Emocionalmente falando, a solitária do amor é tão confortável quanto uma suíte luxo de um *resort* cinco estrelas.

Geralmente está abastecida de comidinhas deliciosas, bons filmes, vinhos, champanhe, enfim, todas as delícias e conveniências que a tele-entrega pode proporcionar. E de sexo, é claro, da melhor qualidade. Suas paredes são normalmente blindadas e à prova de som, afinal nunca se ouve um só ruído vindo da rua. E isso vai desde um incêndio no vizinho da frente até um grave problema familiar. Aliás, lá também não existe caixa de correspondência, logo as contas e cobranças também nunca chegam.

Tudo é tão acolhedor que, muitas vezes, acabamos esquecendo até mesmo nossa personalidade do lado de fora. Afinal, para muitos, um relacionamento novo é a chance de mudar algumas coisas. E ser uma nova pessoa é muito tentador. É aí que mora o perigo. Junto com o velho "eu" que ficou do lado de fora, deixamos os amigos, a família e muito do que gostávamos de fazer. No fim, abrimos mão de coisas demais em nome do amor. Tem gente que até se orgulha disso. Tem gente que se pela de medo. Acabamos nem percebendo que nos acomodar nesse cárcere cor-de-rosa, mais tarde, pode nos fazer olhar no espelho e não reconhecer quem está lá refletido. Quando o fogo da paixão termina – seja por falta de oxigênio ou outro motivo –, nos surpreendemos com uma saudade louca do que éramos, do que queríamos e do que vivíamos, igualzinho ao rapaz do perfil. Nesse momento, muitos então querem se libertar do Carandiru do Amor.

Talvez uma prisão, quer dizer, uma paixão ideal seja aquela em que a gente consiga cumprir pena em liberdade. Pode ser até condicional ou assistida, como preferir. Mas que o amor seja perpétuo enquanto dure. Principalmente se não cometermos o erro fatal de matar nada de bom que há em nós. Afinal, isso sim seria um crime digno de solitária.

SAber eSCOLHer é Saber peRdEr

Você lembra como era a vida da gente quando não se tinha tantas escolhas? E isso não faz muito tempo. Umas quatro marcas de refrigerante, três tipos de salgadinho, dois de chiclete e pronto! Isso era tudo que uma criança tinha pra comprar no mercadinho da sua rua na década de 70. Festinha infantil era dia de brigadeiro, beijinho de coco e, no máximo, um olho de sogra, doce que só os adultos comiam, é claro, porque nenhuma criança no mundo gosta de ameixa. O incrível é que ninguém sentia falta de outras opções. Minha mãe tinha mania de servir pão de queijo nos aniversários. Todos estranhavam no início, mas depois gostavam, porque era uma delícia. Acho que lá em casa a gente nunca foi muito bom mesmo nesse negócio de ser igual a todo mundo.

Uma vez por mês era preciso comprar *Modess*, se você menstruasse muito, ou *Care free*, se fosse pouco. Simples! Não existia essa tortura de decidir se é com aba, noturno, suave, *comfort*, *adapt*, com gel, com flocos, sempre seca,

| LUCIANA VON BORRIES

sempre na dúvida! Aiiii! Depois que inventaram 53 tipos de absorvente, eu nunca mais soube qual era o ideal pra mim. Que inferno! Você já reparou no tamanho de uma gôndola de absorvente num supermercado grande? Sem explicação! Tem produtos que até justificam tanta variedade, como xampu, cremes e afins. Afinal, sempre vai ter uma mulher que acha que o seu cabelo é oleoso na raiz, seco nas pontas e com *frizz* no meio, não é mesmo?

Agora vou falar sério, porque, quando as escolhas são pra vida da gente, tudo é bem mais complicado. Antigamente a sina das pessoas era seguir o caminho dos pais, ficar preso à educação – ou à falta dela –, aos valores e aos limites da visão de mundo que nos era transmitida. Aqueles que conseguiram ultrapassar as barreiras sociais, culturais ou morais das suas origens fizeram história, marcaram suas épocas. Hoje, as ferramentas pra você optar por escolhas diferentes daquelas que seus pais fizeram estão aí: autoconhecimento, estudo, viagens, livros, internet.

Woody Allen disse uma vez: "Somos a soma das nossas escolhas". Concordo com ele. Somos o resultado de cada pequena decisão. Muitas vezes é fácil adivinhar as pequenas decisões que uma pessoa fez na vida só de olhar pra ela. Está tudo lá: na cara cansada ou animada, no corpo acima do peso ou em forma, nas marcas da pele. Você logo percebe decisões como fumar ou não, se cuidar ou não, viver pra trabalhar ou trabalhar pra viver.

O grande problema da escolha é quando reconhecemos a sua importância para o nosso destino e ela passa

O QUE ELA TEM QUE EU NÃO TENHO? |

a ter um peso enorme na nossa vida, e aí empacamos na decisão. Ora, se estamos diante de um impasse é porque há coisas boas e também ruins nas duas escolhas, aliás, como em tudinho nesta vida. Optar por uma delas é não só ficar com seu lado negativo, mas também perder o lado positivo da outra opção.

Quem escolhe a torta de maçã de sobremesa fica sem provar a mousse de chocolate. Pra não se privar do sabor de nenhuma delas, tem gente que olha o cardápio por horas, protelando o quanto pode a decisão. Empurrar decisões com a barriga nada mais é do que adiar perdas. Quem não quer perder nada fica preso à indecisão eterna. Saber escolher é saber perder. Acredite, ninguém tem tudo, nem o Bill Gates. Então, o que você pode perder?

Ficar solteiro ou casar? Separar-se e enfrentar o medo da solidão ou continuar num casamento infeliz? Abrir uma empresa ou ir morar na Austrália? Engenharia ou Biologia? Florianópolis ou Porto Alegre? Amor ou tesão? As escolhas só começam a ficar mais fáceis quando a gente se conhece mais a fundo, quando descobre coisas que só aparecem com a maturidade, depois de muito trabalho pesado na pedreira do autoconhecimento. Só quem se conhece de verdade consegue identificar as perdas que pode suportar ou aquelas com as quais seria impossível viver. Por isso que é tão importante ler, trocar ideias, conhecer pessoas, lugares, cultivar amizades, se libertar dos preconceitos. Mudar de escolhas também pode ser um sinal de amadurecimento. A profissão que escolhi com 18 anos pode não ser a que me traz realização

| LUCIANA VON BORRIES

aos 35. E aí? Se eu jogo tudo pro alto e vou morar no exterior, o que me impede de voltar daqui a alguns anos, cheia de experiências, construir uma casa na minha cidade e nunca mais sair de lá?

A evolução está em ir além dos limites que nos formaram. Família, escola, educação são fundamentais como alicerce. Já as paredes, os acabamentos, o telhado e, principalmente, a direção das janelas são escolhas nossas.

SObreViva ao NatAL

Tem gente que tem intolerância à lactose. Tem aqueles com intolerância a glúten. Eu tenho intolerância a Natal. Desde que saí da infância, comecei a sentir os sintomas: irritação de Papai Noel, alergia a engarrafamento de *shopping* e enjoo de Especiais da Globo. É claro que, quando a gente tem cinco anos, o Natal é pura magia. Mas hoje, sinceramente, esse período pré-natalino me parece mais a véspera do fim do mundo. E é mesmo. O povo está todo na rua comprando mantimentos pra enfrentar uma guerra na qual vai faltar champanhe, frutas, peru, chester, castanhas e brinquedos para as crianças. Pior que falta mesmo, porém há coisas bem mais necessárias: harmonia, tranquilidade, noção da realidade, luz na consciência!

Todo mundo corre feito doido pra deixar a casa em dia, limpinha que é um brinco, porque uma coisa é certa: ou você vai viajar – e quer encontrar tudo certo quando voltar – ou seu parente vai chegar e reparar naquilo que não está nos conformes. É ou não é?

Começam aquelas eternas discussões de onde será a ceia.

– Na casa do seu pai?

– Não, na minha mãe, já prometi!

– Mas e a vovó? Ela disse que faz questão que seja lá.

E quando os pais já se separaram? São dois, três natais seguidos:

– Véspera comigo, almoço do dia 25 com você, janta com a minha mãe.

Pobres crianças, fatiadas feito panetones, sem entender nada. Afinal, não é tempo de amor, de paz entre os homens de boa vontade? Então cadê a boa vontade pra deixar alguém passar na sua frente na fila do estacionamento?

E os presentes? Aquelas lojas abarrotadas de gente se acotovelando pra comprar lembrancinhas por pura obrigação. Está aí o motivo de tanto mau humor, cara fechada e falta de paciência. O que é inútil, porque a fila dá voltas na loja, os atendentes estão todos em treinamento e a conexão do cartão de crédito sempre cai bem na sua vez de pagar, não é mesmo?

Natal é tempo de conflito e daqueles cabeludos. A hora em que todos os seus problemas familiares resolvem dar o ar da graça. Aquele parente que você odeia, aquele encontro que você evita, é justamente no Natal que todo mundo precisa enfrentar os fantasmas que são varridos o ano inteiro pra debaixo do tapete. Impossível não perder a sanidade.

O QUE ELA TEM QUE EU NÃO TENHO? |

Está certo que sempre tem aqueles que amamos e que realmente nos dão prazer em encontrar nessa época. Isso sem falar da rabanada com canela, que só a avó da gente sabe fazer. De resto, o melhor do Natal mesmo é que, depois de sobrevivermos a ele, recebemos a bênção do *réveillon*. E, com ela, a ilusão, prateada e branca, de sonhar que ano que vem tudinho será diferente.

Nove verdades incontestáveis

1. *O tempo não perdoa* ninguém, nem a Luma de Oliveira.

2. Nadica nesta vida é para sempre, por pior que hoje possa parecer.

3. Você nunca conhece um homem até vê-lo enfrentar um problema de verdade.

4. Apesar de todas as fotos do Facebook tentarem provar que não, no fundo todo mundo é inseguro.

5. Nada como uma grande crise ou dificuldade pra descobrirmos quantos amigos realmente temos.

6. Os maiores problemas da vida nunca poderão ser resolvidos com dinheiro.

7. Quanto menor é a expectativa, maior é a felicidade.

8. A maneira como você enxerga o mundo é tão peculiar quanto o seu paladar. A droga é que a gente sempre esquece disso numa discussão, em vez de pedir logo o cardápio.

| LUCIANA VON BORRIES

9. As coisas tendem a ser exatamente do jeito que começam. Comece o projeto de uma casa com erros e ela sairá toda torta. Comece uma relação com mentiras e nunca haverá confiança. Comece escrevendo sobre verdades absolutas e logo vai aparecer quem queira contestá-las. Então fique à vontade pra discordar de tudo.

Armário de FanTasiaS

Ainda não inventaram método caseiro melhor para colocar a cabeça em ordem do que arrumar armário. Digo caseiro porque existe o profissional, que é a terapia. Mas esta última requer grana e bastante coragem. Logo, muita gente ainda vai morrer sem conhecer seus benefícios. Já uma arrumação básica no armário exige apenas um pouco de tempo e alguma disposição. Sem falar que, quando o frio chega, não custa nada doar aquele blusão que ninguém usa há três invernos e que, se você não tirar das prateleiras de cima, vai continuar lá até que as traças o jantem.

Todo começo de estação faço isso: baixo tudo dos cabides. Avalio cada peça com cuidado. Se a roupa é leve e passou o último verão sem ver a luz do sol, não volta mais para o armário. Com as de inverno, a mesma coisa: se o frio já se foi, com seus dias de chuva, de vento, de temperaturas baixas, médias, úmidas e secas e, ainda assim, a pobre da peça não deu uma só voltinha

| LUCIANA VON BORRIES

na quadra, seu destino está traçado: vai fazer a alegria de outro alguém.

No final, o alívio é proporcional ao tamanho da sacola. Fico feliz pra valer quando nem consigo carregá-la até o carro sozinha. O sentimento de renovação é incomparável. Uma sensação de que tudo está mais livre. Não existe desodorante, nem absorvente ou loção hidratante que consiga me fazer sentir tão leve. Até a energia do quarto se renova. O que ficou arrumadíssimo no armário agora pode ser localizado com uma facilidade espantosa. Sem dúvida, sobra espaço até para pensar com clareza. Principalmente naquela hora fatídica em que você está atrasada pro trabalho e precisa decidir em um segundo o que vestir. No final, toda mulher sabe que só usa mesmo de 20% a 30% do que está no seu armário, normalmente misturado e camuflado com todo o resto, sempre bem maior e com cheiro de mofo. Ou seja, uma coleção completa outono-inverno de peças que ou não servem mais (você engordou/emagreceu) ou estão totalmente fora de moda ou você comprou numa liquidação só pelo preço e depois odiou assim que chegou em casa. Ah! Tem também aquelas que você ganha da avó e não tem coragem de passar adiante. Imagine se a pobre velhinha vai passear na rua com o cachorro e cruza com alguém completamente desconhecido vestindo aquela camiseta com um gatinho branco pintado a mão com todo carinho só pra você? É crueldade demais. Você se sentiria a própria Bruxa Má do Oeste. Aí o negócio

O QUE ELA TEM QUE EU NÃO TENHO? |

é ir guardando, guardando, socando, colocando lá pro fundo das gavetas bem de baixo, aquelas que emperram pra abrir, porque vivem fechadas.

Mas existe uma parte do armário de mulher que merece, no mínimo, uma análise com direito a divã: tudo aquilo que a gente compra pra se tornar o que não somos. Quem nunca vasculhou seu armário e descobriu esquecido, soterrado por um monte de casacos, aquele vestido decotado até a cintura e pensou: "Meu Deus, onde eu estava com a cabeça quando comprei isso?" Pois eu digo: estava na fantasia dos outros.

Se o cara em quem você vivia de olho a convida pra sair, pronto. Você já tem todos os motivos do mundo pra mandar às favas aquela economia que estava fazendo para viajar e começar a gastar sem dó. Claro, é hora de surpreender, seduzir, mostrar que é uma mulher linda, *sexy*, inteligente, descolada, moderna e doce. Só mesmo uma blusinha nova pra traduzir tudo isso. Aí você encontra uma perfeita, mas que custa os olhos da cara. Tudo bem, você deixa os olhos e o papelzinho do cartão de crédito assinadinho no balcão da loja e sai radiante com a sacola na mão. Blusa perfeita, noite perfeita, homem perfeito. Mas aí você se dá conta de que a blusa tem detalhes em dourado e furta-cor, e que simplesmente não tem uma só sandália no seu armário que combine. Mas você é a felicidade em pessoa, com aquela sensação única que só tem quem compra à vontade e sabe que vai pagar no fim do mês que vem. Na mesma hora, você

| LUCIANA VON BORRIES

lembra de uma loja chiquérrima de sapatos. Depois de caminhar 18 quadras, lá está a joia, em lugar de destaque na vitrine: uma sandália de salto dez, que reluz feito ouro, toda cravejada de pedras. E o que é mais incrível: ela é exatamente nas cores da blusa. Depois de experimentar o par, desfilar pela loja toda e se sentir tão *sexy* que conseguiria humilhar até a Angelina Jolie, você pensa se vale mesmo a pena. Mas é claro que vale! Está decidido, você jamais vai ser feliz nesta vida se não levar a sandália agora mesmo. Ufa! O cartão de crédito passou! E junto com ele o valor da passagem aérea que você pretendia comprar. Mas tudo bem, melhor não pensar nisso agora. Buenos Aires pode esperar. Depois desse jantar tanta coisa pode mudar, não é mesmo?

Mas o que muda mesmo é o seu armário, cada dia mais lotado. A vida passa e aquele tênis lindo, que você comprou pra se animar a voltar pra academia, continua jogado no fundo da sapateira. O brinco de pena de pavão, que deixava a Grazi Massafera maravilhosa na revista, continua no pacotinho, bem ao lado daquele vestido de oncinha todo aberto nas costas, que simplesmente não tem como usar com nenhum sutiã da face da terra.

Vestir a fantasia dos outros sai caro, muito caro. O pior é que agora os cartões de crédito parcelam tudo em um milhão de vezes. Você nunca mais viu o cara do jantar. E ninguém nunca mais viu você com aquela blusa, que só combinava com aquela sandália. Mas as parcelas da fatura do cartão vão continuar a chegar por

O QUE ELA TEM QUE EU NÃO TENHO?

mais quatro meses. Céus! Nessas horas eu vejo como um terapeuta custa pouco. E, a julgar pelo número sempre menor de fantasias que tiro do meu armário a cada estação, chego à conclusão de que, além de baratíssimo, funciona que é uma beleza.

Das escolhas que são para sempre

Deve fazer uns doze anos, mas nunca mais vou esquecer o dia em que me deparei com um quadrinho num consultório médico que mostrava duas ilustrações muito singelas, lado a lado. Abaixo do primeiro desenho – uma mulher de perfil e esbelta –, lia-se: "Você faz suas escolhas". Sob o outro – a mesma mulher com um barrigão de uns oito meses de gravidez –, a frase: "Suas escolhas fazem você". Me lembro de ter ficado ali parada um bom tempo, pensando o quanto aquilo fazia sentido pra mim. Não porque estivesse pensando em ter filhos, isso estava longe de cogitação naquela época, mas por nunca ter visto essa questão da escolha tão bem representada. A liberdade talvez seja o bem mais precioso que um ser humano pode ter. E isso me fez pensar o quanto sou livre pra fazer as minhas escolhas, o quanto sou livre pra colher as consequencias das minhas escolhas. E, se a gravidez é um exemplo tão perfeito de como as escolhas agem na vida da gente, por que será

| LUCIANA VON BORRIES

que a sociedade encara isso como se fosse uma obrigação, uma sina, uma missão na vida de todas as mulheres? Você tem um útero, logo deve ser mãe. O quê? Você não quer ser mãe? Como não? Essa pergunta vem sempre acompanhada de um olhar de acusação, do tipo que se faz a um assassino que acabou de matar o próprio irmão, esquartejar e guardar os pedaços no *freezer*. Enquanto te analisa de cima a baixo, você consegue ler facilmente o pensamento por trás daquele olhar: "Mas que monstro é esse que não quer gerar uma vida, Santo Deus?".

Cada vez que alguém me pergunta, eu aviso logo pra pessoa sentar porque tenho tantos argumentos que certamente vão cansar até a mais paciente das belezas. Antes as pessoas diziam que, se você pensasse muito, não se casava. Hoje, quem pensa demais, com certeza, não tem filhos. E eu penso. Eu penso no aquecimento global, na fome dos países africanos, na falta de emprego, na escassez de água, no excesso de gente no mundo, nas crianças abandonadas nos orfanatos, no crescimento da violência, na corrupção da política nacional, na crise do Oriente Médio, no sumiço dos valores, no desrespeito à natureza e aos animais, nos custos de uma escola, no preço de uma aula de inglês, de judô, de natação, de mandarim. E o tempo? Mal tenho tempo pra cuidar de mim. Criança precisa de atenção, de carinho, de aprovação, de elogio, de incentivo, de um olhar de apoio enquanto joga bola, faz o dever de casa, mostra um desenho novo. Se você não faz tudo isso com competência, não cria intimidade, a cumplicidade e o afeto não se fortalecem. E, se você

O QUE ELA TEM QUE EU NÃO TENHO? |

não acompanha o desenvolvimento da criança, uma coisa é certa: ela vai continuar crescendo, crescendo e um belo dia você vai piscar e dar de cara com um adolescente dentro da sala da sua casa, um ser que você mal conhece. E o que é pior: alguém que vai odiar você. Vai te achar um chato, um babaca, um atrasado, um careta, um verdadeiro dinossauro. E, sem dúvida, ele ou ela ainda vai pedir pra você deixá-lo(a) uma quadra antes da festa, por pura vergonha. Sinto informar que esse é um risco que talvez todo mundo corra, mesmo tendo sido um bom pai ou uma mãe dedicada.

Além do mais, filho não é de estimação. Você não pode dar um chega pra lá depois de um dia horrível de trabalho. Bebês, apesar de fofos, azuis e cor-de-rosa, não são decorativos. Não dá pra guardar no armário ou desligar.

Embora seja difícil você acreditar a esta altura, eu gosto sim de crianças. Tenho tantos amigos com filhos e adoro todos eles. Respeito quem queira tê-los. Respeito apenas não! Admiro de verdade: a disposição, a dedicação, as noites sem dormir, o amor incondicional. Sinceramente, me emociono. Acho que essa é uma escolha nobre, corajosa, desprendida. Principalmente quando é uma escolha mesmo. Ou seja, quando não sobra para os pais ou avós tomarem conta das consequências. Como diz a Ailin Aleixo, "Filho é coisa pra gente desprendida e altruísta ou completamente irresponsável. Para os outros em geral".

Tem uma fase na vida da maioria das mulheres em que dá uma vontade doida de ser mãe. É uma coisa instintiva, hormonal, animal, sei lá, um chamado da natureza.

LUCIANA VON BORRIES

Só sentindo pra saber. Até os bebês parecem perceber. Você olha pra eles, eles olham pra você, você olha pra eles, eles olham pra você. É quase um transe hipnótico. Nesta fase, se você tem um bom candidato a pai do seu lado, e nenhuma disposição pra parar e pensar, logo, logo, não estará enxergando os próprios pés. E depois que eles nascem então, impossível não amar. Fica todo mundo bobo, sem conseguir imaginar o mundo sem eles. A vida muda, sua visão das coisas muda, suas opiniões mudam.

Mas, enquanto o bebê ainda não existe, ele ainda é uma escolha. E, como tudo nesta vida, a fase "chamado da natureza" também passa. Eu respirei fundo e ela passou. Não sei se um dia vai voltar, mas, se isso acontecer, quero poder ter a escolha de mudar de ideia ou não. Afinal, essa é uma decisão importante e pessoal demais pra sociedade inteira ficar se metendo. Martha Medeiros estava muito certa quando escreveu: "Ter filhos é uma escolha pra toda vida, mas não tê-los também é".

Uma VarAnda de fRente pra Vida

Você já reparou como nós, mulheres, somos especialistas em chamar a atenção para os nossos defeitos? Incrível como é só sair da infância pra se tornar uma *expert* nisso. Nos esculachamos toda hora sem nem perceber. Mas agora você vai notar, quer ver? Imagine-se chegando pela primeira vez na casa de uma amiga. Ela é viajada e tem um bom gosto indiscutível. Antes de tocar a campainha, você dá uma parada básica no jardim em frente à fachada deslumbrante e fica só imaginando como deve ser tudo lá dentro.

Ela abre a porta e um sorrisão de boas-vindas. Por trás do ombro dela você logo percebe a sala gigantesca, com uma piscina quase olímpica lá no fundo. Vocês mal se cumprimentam e ela já solta aquela clássica:

– Não repare a bagunça, que a passadeira não veio hoje.

Você olha aquela sala imensa, digna de uma capa de revista, e pensa: "Onde, meu Deus, isso está bagunçado?" Mas é automático: seus olhos, que iam começar a se perder deliciosamente pelos detalhes da decoração, iniciam uma busca pelo problema, feito um radar. Ah! Lá no cantinho, sobre uma poltrona meio escondida atrás de uma planta, algumas roupas de cama estão amontoadas. Aí você diz:

– Imagine, sua casa é encantadora!

Você volta a observar a sala e não tem dúvidas: certamente ficaria o dia inteiro ali comendo aquilo tudo com os olhos até ter uma congestão. Com tantos objetos exóticos garimpados pelo mundo, tantos livros de arte e quadros interessantes pra ver, você nunca teria notado uma pilha de roupas amassadas, mas reparou. E, nos primeiros segundos em que chegou na casa, nos instantes primordiais nos quais formamos, conscientemente ou não, a velha e certeira primeira impressão. Aquela que fica, aquela que não larga, aquela que, muitas vezes, volta mais tarde, só pra confirmar que estávamos certos desde o começo. OK, pois é exatamente isso que fazemos com nós mesmas todo santo dia.

Você sai pra almoçar com a sua chefe e, já no bufê de saladas, começa a se queixar enquanto enche o prato de alface:

– Não tem jeito, parece que tudo que eu como vai para os culotes, uma coisa impressionante!!!

Finalmente o sábado chegou, que beleza! Hora de relaxar um pouco. Você está numa praia deliciosa com o maridão e, embora ele esteja tentando se concentrar num livro, você não deixa o coitado esquecer o quanto a sua celulite aumentou do verão passado pra cá.

O QUE ELA TEM QUE EU NÃO TENHO? |

– Um absurdo. Antes era só na bunda, agora desceu pela perna toda! Olha só! Está vendo isso, Marcelo? Eu estou falando com você! Ai, que inferno!

Você está num aniversário e, quando oferecem uma linda fatia de torta de chocolate, agradece e começa a explicar que a nutricionista a proibiu de comer doce porque a sua pele está um horror de tão oleosa. Cada espinhão desse tamanho! Parece até que você voltou à adolescência. A anfitriã escuta tudo com um sorriso congelado e o prato de torta suspenso no ar, junto com o clima, que fica meio desconfortável. Que legal, você acabou de se detonar e fazer uma desfeita, tudo ao mesmo tempo. Parabéns, coisa de profissional mesmo!

O mais engraçado é que essa mania de ficar se esculhambando parece tão feminina quanto estria e flacidez. Ou você já viu algum homem em depressão total ligar pro amigo pra dizer que não vai mais à festa porque a calça que ele queria vestir ficou apertada?

Como diria o Cazuza: por que que a gente é assim? Acho que vamos morrer dando lucro pra indústria milionária da estética e da dieta, sem saber a razão dessa insatisfação eterna. Será que ela é inerente àquele bendito segundo "xis" que carregamos nos cromossomos ou foi a sociedade que nos transformou em escravas da perfeição inatingível? Só sei que anda cada dia mais difícil as mulheres enxergarem o que elas têm de melhor e ignorarem seus defeitos.

Quem já trabalhou em loja de roupa feminina sabe que reclamar da vida, e do que Deus deu ou ficou devendo, não é apenas privilégio das feias. Conheço mulheres lindas que são mais implacáveis consigo mesmas do que uma sogra psicopata. Quando vejo a mulherada resmungando e sofrendo tanto – sim, porque é quase um autoflagelo –, fico pensando: "A final, quem vai olhar pra um pneuzinho quando tem um olhão azul turquesa desses na sua frente? Quem vai reparar em quatro quilos a mais no peso diante de um sorriso maravilhoso emoldurado por um cabelão brilhante?" Mas não! Igualzinho à amiga da casa linda, a gente insiste em destacar o que podia estar melhor, o que está pequeno demais, grande demais, mole demais ou empinado de menos. Se fôssemos colocar bilhetes no muro das lamentações, certamente ia faltar espaço. Parece que a nossa maior luta não é contra o espelho ou a balança, mas contra o nosso olhar pesado sobre eles.

Quando vamos aprender a valorizar a beleza da nossa arquitetura única, a delicadeza e os mistérios dos nossos jardins de inverno ou dos nossos acabamentos exclusivos? Talvez tudo que as mulheres precisem fazer seja aprender a permitir. Isso mesmo. Deixar que os outros descubram, através de seus próprios olhos, o que existe de melhor nelas. Parar de se meter na avaliação alheia e estragar tudo simplesmente por estar viciada em sair mostrando aquela parede com vazamento. Quem sabe você não tenta fazer isso por um dia apenas? Que tal 24 horas sem se criticar? Isso não é uma proposta, é um desafio. Se quiser começar por sua casa, que é mais fácil, e só depois passar para você mesma, também pode dar bons resultados. Não custa tentar.

O QUE ELA TEM QUE EU NÃO TENHO? |

Eu comecei pelo meu carro e está funcionando. Mas não pensem que é fácil, não. Um dia de cada vez – sábia filosofia dos Alcoólicos Anônimos. Com muita perseverança, quem sabe eu conquisto a minha fichinha. Antigamente, quando alguém entrava no carro, eu já ia logo avisando: não repara o cheiro de cachorro! Como todos os carros que terei na vida estão condenados ao fedor eterno, resolvi parar de me desculpar. Afinal, perfume canino faz parte da minha vida, do meu amor pelos bichos, e eu não pretendo mudar isso por nada deste mundo. Então resolvi mudar o discurso e distrair o passageiro daquela fedentina toda. Hoje, se tenho um carona, abro rápido todos os vidros e vou logo perguntando:

– Quer uma balinha de morango? É *diet*!

O Inimigo invisível

Que flacidez, TPM, falta de grana, que nada! Se você sair perguntando por aí quem é o nosso maior inimigo, aposto que poucos vão acertar. Celulite, desemprego, violência, aquecimento global? Ainda está frio, muito frio. Aí vão algumas pistas: ele mora dentro da gente, o alimentamos todos os dias e, o que é pior: à medida que cresce, o desgraçado vai cobrando um aluguel cada vez mais caro. Adivinhou? É o danado do medo.

Tem gente que tem mais, outros menos, mas é impossível encontrar um ser totalmente destemido, mesmo porque o medo faz parte dos nossos mecanismos de defesa. É ele quem protege a nossa vida em momentos de risco. Ter medos reais é muito saudável e extremamente útil. Eles fazem parte dos nossos instintos.

O problema são os nossos medos irreais. Aqueles que criamos, engordamos no decorrer da vida e que, de tão obesos, ficam entalados bem na porta de entrada para o caminho dos nossos sonhos, nos impedindo de ser feliz.

| LUCIANA VON BORRIES

Segundo Joseph Murphy, a gente nasce apenas com dois medos: o medo de cair e o medo de barulho. Todos os outros arranjamos vida afora, devido a experiências vividas ou alguma influência da nossa educação ou cultura. Aí a lista é interminável e cada um tem o seu: medo de altura, medo de lugar fechado, medo de fracassar, medo de traição, medo do futuro, medo de perder o emprego, medo de não ter dinheiro, medo de não ser amado, medo de assalto, medo de ficar doente, medo da morte, medo de relacionamentos... Isso só pra citar os bem básicos. Ou seja, perto de um bebê que está começando a andar, todo adulto é um cagão de marca maior.

O problema é que o nosso inconsciente é atemporal. E é lá, onde o presente, o passado e o futuro se misturam, que todos os nossos medos irracionais estão instalados, de mala e cuia. É por isso que sentimos hoje exatamente o mesmo medo que no dia em que fomos humilhados no colégio ou assaltados com violência, mesmo que isso já tenha acontecido há 10, 20 anos.

Outro detalhe: nosso inconsciente é tão trouxa que não consegue discernir a fantasia da realidade. Ele mistura tudo num mesmo nível de ameaça e se torna a nossa verdade. É isso que faz com que um perigo real, como um acidente de carro vivido há 15 anos, vire um medo de dirigir hoje, ou seja, uma fantasia. Só que lá no inconsciente o risco continua. Resultado? Autoestima abalada, autoconfiança atrofiada e a vida travada. Dava até um sambinha. Não! Uma milonga combina mais, porque, no fim, viver com medo é uma tristeza só. Se não nos leva à morte propriamente dita, pode fazer quase isso: vai matando nossos sonhos, sem que a gente perceba. Vamos vivendo pela metade.

Os especialistas são unânimes em dizer que não existe outra saída pra se livrar do medo senão enfrentá-lo. Só depois de vivenciar a situação que causa medo e ver que nada acontece, que o mundo não acabou, fica possível dar adeus àquilo que nos atormentava.

O que acontece, afinal, ao bebê que tem medo de cair? Ele se estabaca no chão e se levanta zilhões de vezes até ter firmeza pra sair correndo, não é mesmo? Ou seja, só superamos o que enfrentamos. Fugir do medo é fugir da própria felicidade, quando, na verdade, sabemos que o melhor negócio sempre é correr pra ela.

UmA BibLioteca pra CONtar depois

Minha paixão por livrarias, bibliotecas e livros começou na infância. Cresci no meio deles. Uma mãe fã de literatura brasileira e um pai fanático por história, astronomia e civilizações antigas. Não tinha outro jeito mesmo.

Lembro de permanecer horas na biblioteca do meu avô, tentando entender páginas que certamente eu não tinha idade pra ler. Ficava totalmente hipnotizada diante de uma parede inteira de volumes enfileirados, passeando pelos títulos, me perdendo entre as letras. Sempre tive essa mania: primeiro lia cada lombada, até onde a vista alcançava. Só depois então escolhia um. Essa era sempre a parte mais difícil.

Durante anos esse ritual me perseguiu. Mesmo depois, na adolescência, uma curiosidade incontrolável continuava me fazendo viajar pelas prateleiras da biblioteca da escola e ler os títulos, um por um. Até hoje, quando entro com tempo numa livraria, e sem nenhum vendedor no meu

| LUCIANA VON BORRIES

cangote, escolho uma estante e começo a minha expedição literária. O que realmente vou comprar não importa, isso eu decido só depois. Quando termino, já com o pescoço dolorido, sempre me vem a mesma dúvida dos tempos de menina: será que eu seria uma pessoa completamente diferente se tivesse lido todos esses livros?

Nunca saberei. A gente leva um bocado de tempo pra descobrir quem realmente é, mas um dia chega lá, independentemente dos livros que leu. Não li nem dez por cento de todos que gostaria, mas aqueles que consegui até agora. Dificilmente me transformaria em outra a esta altura do campeonato, mesmo depois de devorar uma biblioteca inteira de filosofia ou mitologia. Mesmo porque, de uns tempos pra cá, acabei descobrindo que li os livros certos, talvez exatamente aqueles de que eu precisava. Pelo menos acho que aprendi a escolher direito o que quero levar na bagagem. Ao contrário dos outros pesos que vamos catando vida afora, o que aprendemos com os livros nos liberta, multiplica nossos horizontes, faz crescer em nós um tipo de asa invisível e o mais importante: influencia profundamente nossas escolhas. Como será, por exemplo, que a gente escolhe amigos e amores?

Talvez seja do mesmo jeito que selecionamos nossos livros. Primeiro olhamos a capa, é claro. É com ela que, muitas vezes, a gente se engana. Mas isso é só no começo, quando não temos muita prática. Depois vamos ficando mais experientes e selecionamos melhor o que vai e o que não vai pra nossa estante. Se a paixão é pra valer, ninguém consegue parar de decifrá-la, não desgrudamos até

O QUE ELA TEM QUE EU NÃO TENHO? |

o último capítulo. Se o amigo não é tão leal como deveria, o abandonamos merecidamente na página 20. Agora, se ele é confiável, se confirma nossos valores, rapidinho vira aquele livro de cabeceira, que consultamos sempre em caso de dúvida ou para relembrar uma passagem que nos anima. Grandes amigos são aqueles que nos fazem evoluir. Aliás, é assim que se mede a dimensão de uma amizade: comparando hoje ao tamanho que você tinha quando ela começou. Amizades de verdade fazem a gente crescer mais do que Neston, pode ter certeza.

Amores, então, nem se fala! Quem souber escolher direito vai poder fazer listas do que aprendeu com cada uma das pessoas que amou. Você sabe que valeu a pena quando mudou pra melhor, quando se transformou, quando agregou não só emoções, mas experiências, valores e até conhecimento, por que não?

Agora, bom mesmo deve ser chegar ao final da vida e olhar a sua biblioteca amorosa com toda a calma do mundo. Ir lendo título por título, autor por autor, curtindo sem pressa cada lembrança. No final, ficar com muita dor no pescoço e a certeza de que amar cada um deles fez de você uma pessoa completamente diferente e muito mais interessante do que era antes do primeiro beijo.

O fundAmEntaliSmO dO BumBum perfEiTO

Eu sempre achei que a natureza fosse perfeita. Uma flor é a prova disso, uma borboleta também, mas a bunda das mulheres está aí pra provar que não é bem assim. Caso contrário, toda vez que ficássemos estressadas e irritadas, a tensão provocaria o endurecimento imediato dos glúteos, e não da nuca ou dos ombros. É ou não é?

Seria perfeito. Teve uma semana difícil? Teu chefe estava insuportável? Fez umas 20 horas extras? Beleza! No final de semana a sua bunda estará mais dura que a da Marrom Bombom, certo? Errado. Na verdade, se você tiver tempo e disposição, certamente será encontrada gemendo na mesa de uma boa massagista, até que todos os nós da sua coluna se soltem e você consiga se abaixar.

Mas, se você acha que é tarde demais para deixar o seu bumbum em dia para o verão, não se desespere. Afinal, você vive no país da bunda perfeita. Nós vendemos isso pro mundo todo. Logo, o que não falta

| LUCIANA VON BORRIES

por aqui são soluções milagrosas pra melhorar a sua, a toque de caixa. Eu digo "de caixa" mesmo, porque o seu bolso vai precisar estar sarado. Mas você já investiu num biquíni caro, agora tem que ir até o fim. Se assim for, é só escolher: drenagem, estimulação russa, endermologia *laser*, radiofrequência, bandagem (quente e fria), cremes anticelulite, massagem redutora, massagem estética, massagem energética, luz pulsada, *peeling* e DMAE no ataque às estrias... E a mais recomendada pelos médicos: a malhação.

OK, você não quer ser chamada de preguiçosa e vai encarar a academia de frente. Menina corajosa, assim que eu gosto! Mas logo no primeiro dia é fácil descobrir que, caso exista um exercício mais torturante do que "glúteos", só mesmo quem foi perseguido e preso durante a Ditadura Militar pode contar. Fora isso, não há relatos na história.

Está preparada pra pagar todos os seus pecados, desta e da próxima encarnação? Então vamos lá. Você começa com a posição "quatro apoios". Pra quem não conhece, isso é ficar de quatro e ir levantando uma das pernas pra trás, enquanto o joelho que ficou no chão dói pra chuchu. Em parte devido às lesões herdadas daquelas aeróbicas histéricas que se fazia na década de 80, lembra? O resto é a idade mesmo. Sinto muito dar essa notícia, *darling*, mas joelho tem prazo de validade. E, a menos que você tenha peso inferior a 50 kg, esse tempo acaba aos 35/40 anos. E aí, amiga, não tem mais assistência médica que dê jeito, você já saiu da garantia.

O QUE ELA TEM QUE EU NÃO TENHO? |

Então, pra se prevenir, comece desde já a fazer exercícios de baixo impacto e alto benefício como ioga, pilates, hidroginástica e caminhada. Essas coisas que você sempre viu sua mãe e suas tias fazendo e pensava, tolamente, que não serviam pra quase nada. Pois eu garanto que servem. Ah! E muito exercício localizado de glúteo, é claro.

Da próxima vez que você estiver na academia, naquela maldita posição em que Napoleão perdeu a guerra, aproveite que as mãos estão próximas e faça uma prece com muita fé. Motivos não vão faltar: peça pra ter forças, pra não cair na tentação de faltar na próxima aula, pro tempo passar rápido... Ou, quem sabe, pra que a moda dos biquínis volte a ser igual àqueles *shorts* enormes dos anos 40. Deus é Pai!!! É um, é dois, é três... Seria mil vezes melhor ter nascido na Indonésia ou no Marrocos, onde a paixão nacional são os cabelos. Já pensou que moleza passar a vida só no banho de creme? E, por falar em creme, aposto que a Marrom Bombom "deles" come bombom à vontade. Ué? Gordura faz um bem pro cabelo...

Sabia não? É claro que não! Somos todas fanáticas pela beleza e vivemos sob as rígidas normas do Fundamentalismo do Bumbum Perfeito. Credo! Depois os muçulmanos é que são xiitas.

Esta expectativa é sua?

Ai, mas que menino lindo!

Tem os olhos da mãe, o sorriso do avô e a expectativa do pai de que será um grande cirurgião.

Que pena que não aprendemos desde pequenos a identificar as expectativas que colocam na gente quando ainda nem sabemos o que queremos da vida. Resultado? Crescemos fazendo uma confusão danada, sem entender se aquele desejo é como os olhos que puxamos da mãe, ou algo depositado por alguém sem a nossa autorização e que, portanto, não nos pertence.

Tem gente que passa anos olhando para as expectativas dos outros sem conseguir saber de quem são. Será que quero mesmo fazer um doutorado ou é a minha família que quer? Este é o emprego dos meus sonhos ou dos sonhos da minha mulher? Que bom se a gente pudesse ir devolvendo cada expectativa que não é nossa ao seu verdadeiro dono. Olha só que beleza:

– Meu amor, desculpe eu te ligar assim de madrugada, mas é que acabei de descobrir que aquela vontade louca de casar e ter dois filhos é só sua. Depois de um ano, cinco quilos a mais e muita angústia, hoje eu tenho certeza de que nunca quis isso pra mim. Queria devolver esta expectativa pra você. Posso dar um pulinho aí? É rápido.

– Oi! Com licença, eu vim devolver a expectativa que você esqueceu lá em casa ontem. Olhei pra ela hoje de manhã e logo vi que não era minha. Então só podia ser sua. Eu não quero voltar a namorar, OK? Fica com ela pra você, está tão novinha, né? Você pode usar com outra pessoa ainda.

– Pai? Não me leve a mal, por favor. Você pode até não estar reconhecendo, mas esta expectativa aqui, ó, de ter um filho médico e famoso, é sua. Você me entregou no dia do meu aniversário de oito anos, junto com uma bicicleta azul, lembra? A mãe até tirou uma foto. É uma expectativa antiga, eu sei, já está um pouco amarelada. Mas é que ficou comigo por 26 anos. Não, não precisa ter medo, ela não faz mais mal a ninguém. Pode pegar!

EXiSte Vida após A SeparAção

Certamente nunca os casais se separaram tanto quanto hoje. Talvez nem mesmo nas guerras, quando isso acontecia contra a vontade, esse número tenha sido tão expressivo. Está mais fácil acreditar nos duendes da Xuxa do que encontrar um casal verdadeiramente feliz há muitos anos. É claro que eles existem, mas infelizmente estão cada dia mais raros. Hoje, ninguém pensa duas vezes. Não deu certo? Foi um prazer conhecê-lo, boa sorte, tchau e bênção! E cada um segue seu rumo. Tem gente que acha isso um absurdo. Sinceramente? Absurdo era a vida das nossas avós, que casavam com 15 anos e morriam com 75, e nesse intervalo viviam ao lado do mesmo homem só porque era certo e a sociedade exigia. Temos que dar graças a Deus que o casamento não é mais uma bola de ferro nos pés das mulheres.

E pensar que, apesar disso, ainda tem gente que acha essa liberdade toda ruim. Vou dizer pra você o que é ruim. Ruim é ver que a falta de assunto e o interesse pelo

LUCIANA VON BORRIES

outro está deixando as refeições cada dia mais amargas. Ruim é morar na mesma casa sabendo que o amor já se mudou faz tempo. Ruim é dividir a mesma cama e nenhum carinho por meses a fio. Isso é ruim de verdade. Mas, afinal de contas, se a separação é uma conquista, por que existe tanto sofrimento quando ela chega?

Não consigo entender por que nós mulheres – seres feitos de ciclos, de começos e fins – sofremos tanto quando tudo se acaba. Os homens até compreendo que se sintam sem chão. Afinal, sabemos que alguns transferem a dependência da mãe para as suas amadas. Neste caso, é mesmo lógico que comam o pão amassado pelo capeta quando se veem sozinhos. Mas não as mulheres! Nós passamos a vida elaborando separações. Nossos corpos são uma montanha-russa de hormônios que mudam de intensidade toda hora, nos apresentando e nos separando das emoções. A infância mal acaba e já damos adeus às bonecas. Aí você pode dizer: "Ora, os meninos também se separam dos seus carrinhos e da sua bola de futebol". Pura balela! Porque do futebol eles nunca se separam e os carrinhos só mudam de tamanho. A gente não! Passamos a vida em processos de perdas. Todo mês a gente perde sangue, e com ele a possibilidade de ser mãe. Se somos mães, depois de gerá-los, amamentá-los e criá-los, eles sempre vão embora, pra longe ou perto, mas é sempre uma separação. Ao envelhecer, a gente se separa do nosso poder de sedução. Da beleza que tínhamos aos 20. É claro que compensamos com experiência, sabedoria e charme, mas ninguém pode negar

O QUE ELA TEM QUE EU NÃO TENHO? |

que é uma perda. E das mais terríveis e caras na vida de uma mulher. As contas bancárias dos cirurgiões plásticos estão aí pra provar. E isso só pra citar algumas das nossas grandes separações, porque tem muito mais, caso contrário a Lya Luft não teria escrito um livro de 128 páginas chamado *Perdas e ganhos*.

Diante de tudo isso, a gente deveria ser perita em separações, mas não é! Nunca estamos preparadas para o fim de uma relação. Não importa se ela chega um mês depois do início da paixão ou depois de dez anos de casamento. Acredito que um dos maiores vilões nessas horas é o diabo do Mito do Amor Eterno. É ele que não morre nunca no inconsciente das pessoas. Tipo um "Jason Assassino da Autoestima", ele faz toda separação parecer um fracasso, uma derrota ou uma prova de incompetência.

E se, mesmo diante de uma relação desgastada, você ainda amava a outra pessoa, aí piorou de vez. Além de sentir-se derrotada, vai precisar administrar a dor, que é sempre insuportável. É a hora de ter aquela sensação de que o sofrimento vai durar pra sempre, te afogar até a morte. E é claro que não vai. Mas quem enxerga isso quando está com os olhos inchados de tanto chorar? Ninguém!

Quem sabe um dia ainda vamos encarar a separação como uma passagem da nossa vida, um intervalo entre o fim de uma etapa e o começo de uma nova fase? Que a morte do amor seja como a carta da morte no tarô, que vem sinalizar algo que está acabando, exatamente pra dar espaço ao novo, que precisa nascer? Quem se dá conta disso logo descobre que depois da separação pode real-

| LUCIANA VON BORRIES

mente começar uma vida completamente nova e, muitas vezes, bem melhor. Basta procurar os amigos queridos, de quem você nem tinha mais o telefone. Sentir novamente o gostinho da liberdade, aquele que você nem lembrava mais e é puro chocolate suíço. Enfim, voltar a fazer aquelas coisas que tanto adorava e tinha deixado de lado, sem nem mesmo saber por quê. Só não esqueça de casar. Isso mesmo: casar-se com você mesma. Prometer ser uma guardiã da sua felicidade para todo o sempre – na alegria e na tristeza, na saúde e na doença. Jurar amor eterno à sua autoestima, até que a morte as separe, estando sozinha ou acompanhada.

VeStida dE EXPeCtaTiva

Esperar. Verbo transitivo indireto e regular. Tipinho simples da nossa Língua Portuguesa. Simples nada, complicadíssimo. Está lá no Aurélio e quer dizer tudo isso aí: ter esperança em, contar com, estar ou ficar à espera de, aguardar, supor, conjeturar, presumir, imaginar, contar com a realização de coisa desejada ou prometida, estar reservado ou destinado a, estar na expectativa de, aguardar em emboscada. Opa, aguardar em emboscada já é demais! Está achando que o Aurélio exagerou, né? Se enganou de novo. Ele acertou em cheio.

Cara esperto. Algo me diz que o Aurélio conhece muito bem as mulheres. Se tudo o que podemos fazer em relação a alguma coisa é esperar, não tem jeito: o negócio é imaginar. E imaginação feminina é uma praga. Não, na verdade é quase um dom. Aliás, todas nós fazemos isso como poucos deles.

É só estar esperando por um momento ou alguém que se quer muito e pronto: já começamos a projetar o futuro num telão. E ficamos lá dirigindo as cenas. Plano fechado no sorriso. Plano aberto no encontro dos personagens. E aí se prepare pra começar a sentir, de verdade, emoções fortes. Não tem jeito: quando esperamos criamos expectativas, inventamos cenários pra depois viver dentro deles. Uma forma doida de trazer o futuro pro agora, só que com muitas diferenças. Como é a gente que está na direção das imagens, tudo acontece do jeito que queremos. O cenário se monta rapidinho: um restaurante, um parque, uma rua, um bar, uma festa, uma cama, uma questão de segundos. Até o figurino é desenhado em detalhes. Tudo perfeito para a ocasião.

Por falar nisso, se a expectativa fosse uma roupa, certamente ela seria um vestido de festa. Sem dúvida, coberto de bordados reluzentes em tons prateados e dourados. Lantejoulas e canutilhos pregados um a um, com capricho e delicadeza. Um trabalho de dias, talvez meses. Coisa de bordadeira antiga, do tempo em que se tinha tempo pra tanto esmero. Um decote profundo e insinuante não poderia faltar. Por baixo dele, aqueles sutiãs que levantam qualquer autoestima. Já a cintura seria tão marcada e justa que viria até a boca do estômago, deixando qualquer magrela sem ar. E, é claro, uma alça bem incômoda, do tipo que fica caindo toda hora, fazendo o relógio se arrastar ainda mais devagar. Tic, tac, tic, tac. Apenas mais uma hora e trinta e oito minutos imaginando, supondo, presumindo, desejando. Tudo isso de cima de um salto agulha. Tem emboscadas em que só uma mulher é capaz de se meter mesmo.

Teste

Você sabe que está envelhecendo quando:

1. Fica mais tempo passando creme do que tomando banho.

2. Ao viajar, sua *nécessaire* é quase tão pesada quanto sua mala.

3. Já fez as pazes com sua celulite (estar magra e sem barriga já é uma vitória pra ser comemorada com champanhe).

4. Vai ao ginecologista e conta apavorada as mudanças que vem reparando no seu corpo, só para ouvir, estupefata, que é tudo normal (ou seja, normal pra sua idade).

5. Adiciona sua sobrinha no msn, mas não consegue se comunicar com ela porque a menina só escreve "axim, miguxa, bv, bvl" e outras siglas que você não encontrou no dicionário.

| LUCIANA VON BORRIES

6. Algumas músicas que você acha lindas de morrer já tocam na Antena 1.

7. O atendente da farmácia – que tem idade pra ser seu pai – pergunta muito gentilmente: "A senhora encontrou tudo o que procurava?"

8. Já tem um estilo tão próprio que quase todo mundo acerta em cheio ao lhe dar presentes.

9. Se teve filhos, está descobrindo que ficou muito tempo sem cuidar de si mesma e adiou projetos demais. Se não teve, o relógio biológico já está correndo contra você.

10. Resolve tirar uma pinta de beleza que cresceu e o médico indica a retirada de outras 25, que em breve estarão do tamanho daquela primeira. Ou seja, as pintas são de velhice mesmo.

11. Tem metade da quantidade de cabelo que tinha aos 15 anos e o seu cabeleireiro diz que não há nada a fazer a respeito a não ser um *megahair*. Eu disse *megahair*?

12. Demora quatro meses (malhando e passando fome) pra perder os mesmos cinco quilos que via desaparecer em três dias com a dieta da sopa da Adriane Galisteu.

13. Não gosta de música eletrônica, nem de *rave*, muito menos de *ecstasy*. Eca!

14. Sua estante está ficando pequena pra todos os livros que já leu.

O QUE ELA TEM QUE EU NÃO TENHO? |

15. Já listou (pelo menos mentalmente) as coisas que quer fazer e lugares onde quer ir antes de morrer.

16. Tem amizades que já completaram bodas de prata.

17. Reconhece alguém que não vale nada após três minutos de conversa.

18. O filho da sua amiga – que está um homem de 25 anos – só chama você de "Tia".

19. Quando querem fazer elogios, os homens já não dizem mais que você está "bonita" ou "gostosa". Eles agora dizem que você está "bem", "enxuta" ou "conservada" (e você lá é toalha pra estar enxuta ou pepino pra estar conservada? Fala sério!).

20. Olha uma garota escultural na praia e tem certeza de que jamais trocaria seu cérebro, charme e experiência por aquele corpo perfeito. Afinal, você já aprendeu a fazer bons investimentos e sabe qual será o destino daquelas curvas todas.

Separe o seu Luxo

Uma vez, li em algum lugar uma definição de supérfluo que achei simplesmente perfeita: "supérfluo é tudo que não importa pra você". Infelizmente não sei quem a escreveu, mas é genial. Tem tudo a ver com valores, que, assim como a própria palavra já diz, cada um tem os seus. E aí? Quanto valem as coisas que mais importam pra você?

Tenho pensado demais nisso, nestes tempos de crise econômica mundial. O que realmente tem valor, já que todo mundo agora precisa poupar? Então resolvi fazer minha própria definição de luxo, porque é por aí que os economistas recomendam que a gente deve começar a cortar, não é mesmo?

Pra muita gente, luxo pode ser um grande privilégio, ser dono de uma lancha de 30 pés, frequentar um spa cinco estrelas, fazer um cruzeiro pra Grécia, ter um Porsche ou morar em uma cobertura de mil metros

| LUCIANA VON BORRIES

quadrados. OK, ótimo! Mas isso tudo são luxos que o dinheiro pode comprar. Mas e aqueles luxos intransferíveis, exclusivos, divinos e verdadeiramente impagáveis? Particularmente são os que mais me seduzem. E esses não precisam ser cortados. Bem pelo contrário, deveriam ser mais perseguidos do que técnico de seleção em Copa do Mundo. Sabe por quê?

Luxo é amar e ser correspondido.

Luxo é fazer uma viagem linda e morrer de saudade da família.

Luxo é gozar de saúde e bom humor aos 80 anos.

Luxo é ter amigos que te falam a verdade.

Luxo é sentir tesão e amor pela mesma pessoa por anos a fio.

Luxo é ser respeitado pelas suas ideias.

Luxo é ter a natureza como vizinha.

Luxo é receber o amor dos filhos pra sempre.

Luxo é se divertir trabalhando. E vice-versa.

Luxo é realizar sonhos de infância. E continuar sonhando, apesar de ter crescido.

Luxo é comer fruta do pé.

Luxo é não ter muro ao redor de casa.

Luxo é ter paz de espírito, apesar do caos.

Luxo é saber separar tudo isso do supérfluo que o mundo insiste em nos vender bem caro. Que tal uma grande reciclagem de valores? Quem puder fazer isso, quem sabe até consiga sair dessa crise uma pessoa melhor do que entrou.

Gratidão Branca

Dois mil e nove se foi. Passou mais rápido do que uma estrela cadente, daquelas que nem nos dão tempo de pensar num pedido. Por que será que chega uma hora na vida em que a gente se sente engolido pelo tempo? Será que vou passar o resto dos meus dias achando que só os verões da minha adolescência foram longos o suficiente pra viver intensamente? Pois é, os cientistas dizem que é assim mesmo. Em fases de descobertas, como a infância e a juventude, a vida passa mais devagar mesmo. Absorvemos cada novo aprendizado tão profundamente que o tempo dura mais. Quando nos tornamos adultos, a rotina dá essa cara monótona para as páginas da nossa história. E a vida passa na nossa frente como uma paisagem de estrada que já conhecemos há anos. E aí, quando nos damos conta, chegamos ao destino cada vez mais rápido.

Este ano foi um pouco assim. Quando pisquei, já era setembro. E, quando setembro chega, você começa a

| LUCIANA VON BORRIES

correr para terminar os projetos que ainda estão inacabados. E, quando percebe, o *shopping* da sua cidade já inaugurou a decoração de Natal. O ano chegou ao final, e você, à conclusão de que não fez tudo que estava na sua lista de promessas de Ano Novo: você emagreceu quatro quilos, mas engordou seis porque o inverno foi um horror. Leu um livro inteiro pra ver se conseguia largar o cigarro, mas ele não te largou. Jurou nunca mais brigar com seu namorado, mas as TPMs estão mais fortes que você. É por essas e outras que há alguns anos parei de fazer promessas de Ano Novo. Chega! A vida já tem frustrações demais. Então resolvi que todo dezembro, no lugar de uma lista irreal de metas e objetivos, faço uma "lista da gratidão". Ou seja, escrevo numa folha de papel tudo de bom que me aconteceu no ano que passou e que ficou em minha vida. Os itens vão de saúde a trabalho, passando por conquistas materiais ou espirituais, amigos que ganhei, momentos de alegria, enfim, o negócio é puxar pela memória e ir escrevendo. No começo, parece que você não vai chegar a cinco linhas, mas é impressionante como a coisa começa a render mais que feijoada. Quando você se der conta, encheu uma folha inteira e a sensação é ótima. No final, é só agradecer tudo isso a Deus, a Alá, a um Poder Superior, à Mãe Natureza, ao Destino, ou seja lá quem você acredite também ter responsabilidade nisso tudo. Uma coisa é certa: depois de fazer uma "lista da gratidão", você vai passar a virada do ano com o coração bem mais leve. Sabe por quê? Porque a gratidão dá uma paz poderosa, muito mais do que todas

O QUE ELA TEM QUE EU NÃO TENHO?

as roupas e calcinhas brancas do mundo. Pode acreditar: a gratidão é mágica. Segundo Melody Beattie: "A gratidão desbloqueia a abundância da vida. Torna o que temos suficiente. Ela pode transformar uma refeição em um banquete, uma casa em um lar, um estranho em um amigo. A gratidão dá sentido ao nosso passado, traz paz para o hoje e cria uma visão para o amanhã". Obrigada, 2009, tenho uma lista grande pra fazer. Desejo, de todo coração, que você também tenha.

60 segundos de pensamento

Aqui estão servidos alguns textos instantâneos. Um formato muito difundido na internet, que é perfeito para o corre-corre do seu cotidiano, no qual tudo precisa ficar pronto em um minutinho no micro-ondas.

Na verdade, são apenas aperitivos sobre os mais diversos assuntos: humor, paixão, amor e outros petiscos da vida. Feitos pra você ler enquanto o ponteiro dos segundos faz uma volta inteira.

Status basicamente necessários

"Ocupado", "Ausente", "Em ligação", "Aparecer *off-line*" ou "Em horário de almoço" são opções muito simples pra representar toda a complexidade feminina quando ela está no msn. Então resolvi criar uma listinha bem básica de sugestões para a próxima versão do *software*.

- Fora da área de serviço ou desligada

- Cuidado! Em TPM.

- Fora do corpo

- Não volto nunca mais

- No limite

- No celular

- Desocupada

- Saí para lanchar

- Saí da dieta

| LUCIANA VON BORRIES

- Gorda
- Saí pra matar um
- Descontrolada
- Entediada
- Aparecer linda
- Aparecer magra
- Aparecer lisa
- Aparecer crespa
- Em horário de chilique
- Enlouquecida
- Aparecer equilibrada
- Carente
- Sensível
- Tranquila
- Perdida
- Péssima
- Confusa
- Sobrecarregada
- Cheia de novidades
- Cheia de dúvidas
- Radiante
- *In love*

A dor gasta

A dor existe pra gente gastá-la.
Feito dinheiro que vem fácil. Feito esperança de flor murcha, ela tem um ciclo a cumprir. A dor exige que se beba tudo até ver o fundo da xícara. O sabor azedo faz parte da cura. O gosto que ela deixa na boca é a lembrança da lição. Você pode até tentar, mas é impossível virar tudo de uma só vez, porque seu cheiro é intragável. Para beber da dor é preciso dar pequenos goles de tolerância. Assim o estômago vai absorvendo sem riscos de devolução.

A dor precisa ser consumida por todos os sentidos. Ela tem prazo de validade, que pode ser longo ou curto. Mas não é você quem o define. Na verdade, ninguém tem o poder de mudar seu tempo. Ela já vem com data de vencimento marcada no fundo do poço. Uma semana pra uma chance perdida. Um ano para um amor perdido. Uma vida para um filho perdido. Quando a gente gasta a dor, não guarda suas angústias em álbuns de fotos, não acumula suas torturas pra se machucar outra vez, não estoca sua loucura pra viver o passado, não coleciona sua culpa para depois carregá-la nas costas.

É fácil saber se a dor foi gasta até o final. Não é preciso mais se esforçar pra sorrir. A solidão já não parece ser mais a melhor companhia. E o silêncio, antes tão seguro, agora causa um sono entediante. É hora de se despir do luto, colocar a alegria pra pegar um sol, limpar as vidraças dos sonhos, vestir esperanças recém-lavadas e ter a certeza de que não sobrou uma só lágrima pra derramar.

O Amor engorda

— *Mais uma cervejinha,* meu bem? Não, não levanta, não! Deixa que eu vou pegar pra você.

— Alô? Oi, lindo! Vem logo pra casa. Fiz aquela torta de morango que você adora. Sua avó finalmente me contou o segredo do merengue. Estou achando que desta vez eu acertei!

— Ah, não!... Amanhã a gente vai correr. Está tão quentinho aqui na cama.

— Imagine se eu iria esquecer: hoje, oito horas, aniversário da Tia Nanci. Amanhã, churrasco na casa do seu primo Adolfo. Ah! Domingo, festa de um aninho do seu afilhado. Claro! Já comprei o presente!

— Que barriga que nada, minha deusa do amor! Você sabe que eu adoro ter onde pegar. Quem gosta de osso é cachorro!

— Só mais uma fatia, vai! Depois a gente queima tudo em beijo.

– Que absurdo! Não vou deixar você ir caminhando até lá nesse sol. A partir de hoje, levo você de carro!

– Moça, um bem-casado, por favor! Este aqui, ó, o maior. Espera aí! Um não, me vê logo quatro. Olho de sogra? Pode ser... É o pacote da promoção, né? Então são dois. Por favor, embrulha tudo que eu vou levar. Hei? Tem torta de morango?

Rir é bom pra tudo

Pra passar o tempo. Passar a dor. Esquecer as dúvidas, as dívidas. Perder a vergonha. Perder a hora. Chorar de alegria. Deixar a felicidade tomar conta do que é dela. Ver o quanto a vida se perde quando é a tristeza quem comanda. Fortalecer os músculos. Fortalecer os laços. Ensaiar a diversão gratuita. Aprender de vez. Espantar gente mal-humorada. Espantar-se ao ver que os problemas nem eram assim tão grandes. Recarregar as forças. Fazer a tolerância durar mais tempo. Colocar pra fora. Sair um pouco de si. Nem que seja pra pegar um ar, colher jasmins... E só voltar quando estiver toda perfumada.

Também Cansei

Inspirada no Movimento Cansei, criado pela OAB em todo o Brasil em repúdio à corrupção na política nacional, também resolvi lançar o meu manifesto. Cansei de ser boazinha. Ultimamente ando questionando muito se essa postura já me levou a algum lugar na vida, principalmente na minha. Cansei de fazer cara de paisagem diante de uma mentira, uma promessa falsa ou uma cara de pau. Cansei de facilitar a vida das vítimas do mundo. Aprendi que elas são as mais poderosas manipuladoras do mundo. A elas não empresto mais meus ouvidos, meu tempo ou meu suado dinheirinho. Cansei!

Cansei de usar máscaras para agradar os outros. Hoje sei que a minha cara limpa é o melhor que posso ser de mim mesma, embora uma maquiagem suave seja fundamental, principalmente nestes tempos em que ando tão cansada. Cansei de investir sentimentos e pensamentos

| LUCIANA VON BORRIES

em quem não merece nem mesmo um sorriso. Decidi que não darei a mais ninguém o poder de me fazer chorar. Com o tempo a gente aprende. Ou um dia morre cansada de tanto tentar.

A miOpia e o dEstinO

Sempre achei que a miopia me protegia um pouco dessa minha sina de ver tão longe. Já é cansativo o suficiente escutar e sentir mais do que as pessoas normais. Sorte dos distraídos, dos insensíveis e dos egocêntricos, que passam a vida sem perceber um cinismo disfarçado de piada, uma inveja mascarada de elogio, uma verdade crua escondida sob a mesa. A cegueira da percepção é uma bênção.

Por causa disso, resolvi jamais usar lentes de contato. Minha miopia me resguarda um pouco do mundo. Se preciso enxergar, uso óculos. Quando quero me proteger, tiro e pronto! É um alívio e tanto, afinal a vida anda lotada de coisas que eu não quero ver, por mais que seus odores invadam o ambiente sem permissão.

Enxergar em detalhes eu não preciso, um borrão já é o suficiente. E assim vou levando. Deixo os óculos de lado também em ocasiões especiais: festas e eventos em geral. Aí me arrumo toda, capricho na maquiagem e saio com a minha melhor roupa: linda e cega! Tenho certeza de que já perdi o homem da minha vida por causa disso.

AgradecimEntos

A culpa é toda deles

Se um belo dia eu acordei acreditando que poderia escrever alguma coisa além de textos publicitários, são eles os culpados: Ana Corina Faustino da Silva, Ana Luíza Silveira de Barros, Carol Mattos, Fabiana Basf, Fabiane Reuter, Ingrid Vier, Isaura Beck, Leandro Borba, Lucimar Polli, Mario Prata, Preta Fraga, Suzara Flores, Vera Muccillo e Zeca Honorato. Sem o carinho, o estímulo e a força que eles me deram, talvez este livro nunca teria passado de um sonho sem asas.